FEUERLAND
- Illuminet flamma -
ES MEER
ARIA
- Aqua in sanguine -
CHES MEER
TROCKENLAND
- Ad solem -

Fairyland
Fabelhafte Fantasie

1. Auflage 2023
ISBN: 978-3-9505329-2-0

www.fairyland-verlag.at, office@fairyland-verlag.at

Autorin & Illustration: Renate Felderer Tintenheld
Layout, Satz & Herstellung: Fairyland Verlag e.U.
Printed in the EU

Gefördert durch das Land Niederösterreich

KULTUR NIEDERÖSTERREICH

R. F. Tintenheld

DIE VÖLKER VON CALVARIA

Der Ruf der Gezeiten

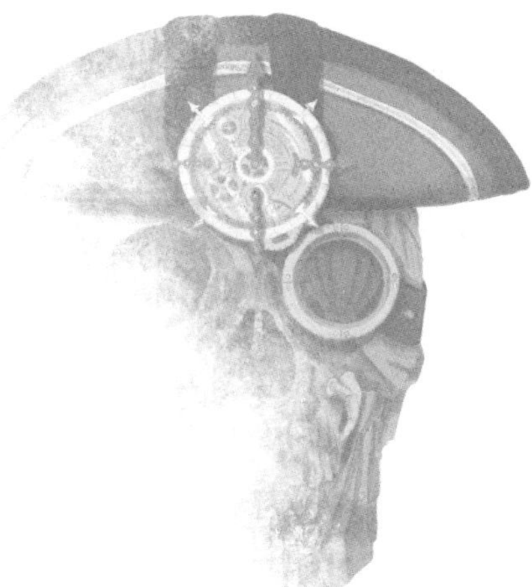

Fairyland

Renate Felderer – Tintenheld

Immer schon mehr Ronja Räubertochter als Cinderella!

„In meiner Kindheit verbrachte ich viel Zeit in der Natur. Zusammen mit meinen Freunden bauten wir Baumhäuser und versteckte Unterschlüpfe. Dabei tauchten wir in unserer Fantasie in kunterbunte Abenteuer ab, und konnten sein, wer immer wir sein wollten. Das liebe ich am Schreiben von Fantasy-Geschichten. Wir reisen an magische Orte, begegnen fantastischen Wesen und bewältigen schier unmögliche Prüfungen. Diese Erfahrungen teile ich durch meine Bücher mit den Kindern und Jugendlichen, die sie lesen. Denn was wäre unsere Welt, wenn wir nicht an ein klein-bisschen Magie glauben würden?

Das Schreiben von Geschichten hat mich schon in der Grundschule begeistert. Da war es auch kein Wunder, dass ich bei Schularbeiten statt der geforderten zwei Seiten, gleich sechs verfasste. Was natürlich nicht immer von Vorteil war, denn so stieg die mögliche Fehlerquote natürlich auch an. Das Zeichnen und Illustrieren begleitet mich schon mein ganzes Leben lang. Wenn es draußen zu kalt oder zu regnerisch war, um selbst auf Abenteuerreise zu gehen, malte ich mir meine Fantasie-Welten einfach selbst – und das oft stundenlang!"

Renate Felderer lebt mit ihrem Mann, ihren zwei Kindern und den zwei Katzen in Südtirol. Als Autorin und Illustratorin hat sie ihre Passion zum Beruf gemacht. Bei Lesungen und Workshops lässt sie die Besucher in die Welt der Bücher eintauchen und hofft so, in den Kindern die Begeisterung fürs Lesen zu wecken.

Für alle, die das Feuer in sich spüren,
die wissen, dass da draußen mehr auf sie wartet.
Macht euch auf in euer Abenteuer,
jede Geschichte beginnt mit dem ersten Wort.

DIE VÖLKER CALVARIAS

Die Trockenländer

Das Volk der Dünen. Das Trockenland ist ihre Heimat und mit ihrem Segelschiff, der Terrana, können die Trockenländer in See und Sand stechen. Sie segeln wie alle Stämme aus Calvaria unter der Piratenflagge, aber auch unter ihrem Banner. Ihr Leitspruch:

„Ad solem" – Der Sonne entgegen!

Die Windisch

Das Volk der Windisch lebt im Windland. Sie segeln fast pausenlos mit ihrem metallischen Luftschiff, der Liberty, durch den Himmel. Nur selten legen sie an ihrem Heimathafen, einem Turm am Rande von Calvaria, an. Ihr Leitspruch:

„Aperi alas" – Öffnet die Schwingen!

Die Wellenwanderer

Das Volk der Wellenwanderer ist stets auf dem Wasser, ihre Heimat ist das Meer. Ihr Segelboot, die Fortune, ist das schnellste und wendigste Boot in Calvaria. Ihr Leitspruch:

„Aqua in sanguine“ – Wasser im Blut!

Die Aquaticus

Ein Volk, das in den Tiefen des Meeres, in Aquasia wohnt. Mit ihrem Unterwasser-segelboot, der Balaena, können sie sowohl unter als auch auf dem Wasser segeln. Ihr Leitspruch:

„Profundum in mare“ – Hinab in die Tiefen!

Die Feueraugen

Die Feueraugen leben im unwirklichen Feuer-land, welches nur aus Lava und Gestein be-stehen soll. Ihr Schiff, die Flame, hält jedem Feuer stand. Die Feueraugen halten sich nicht an den Piratenkodex und sind deshalb bei den anderen Völkern verhasst. Ihr Leitspruch:

„Illuminet flamma“ – Flamme erleuchte!

TEIL I

IM NAMEN DES KODEX

TEIL II

DAS MAGISCHE LOGBUCH

Prolog

Logbucheintrag der Elementia, Donnerstag, 15. September.

Auch wenn wir im lauen Wind kreuzen, das Vergangene liegt uns noch schwer in den Knochen. Eine unglaubliche Reise liegt hinter uns, die uns aufgerüttelt und geprüft hat. Beängstigende Kodex-Prüfungen, unerwartete Geheimnisse und schier unbezwingbare Herausforderungen waren unsere Wegbegleiter. Aber am Ende sind wir alle gestärkt daraus hervorgegangen. Wir haben Feinde und sogar den Tod besiegt. Das Band unserer Freundschaft ist enger denn je, auch wenn wir unterschiedlicher nicht sein könnten. Es wird noch einige Zeit brauchen, bis wir alles verarbeitet haben und bis sich einige von uns an ihr neues Ich gewöhnt haben. Nun setzen wir die Segel Richtung Norden. Das freie Meer und unentdeckte Welten warten auf uns!

TEIL I

IM NAMEN DES KODEX

Drei Monate zuvor …

KAPITEL I

Arius & Saria Vane

Es war ein sternenklarer Abend im Trockenland und ein laues Lüftchen wehte über die Dünen. Die *Terrana*, das Wüsten-Segelschiff der Trockenländer, lag friedlich im heimatlichen Hafen. Der Wind, der durch die eingeholten Segel strich, schien eine kleine Melodie zu pfeifen.

Wobei Hafen ein etwas großer Begriff war für einen einzelnen Steg mitten in der Wüste. Er führte direkt zu einem kleinen Dorfplatz auf dem jetzt, abends keine Menschenseele zu sehen war. Nur in der Mitte des Platzes glimmte noch die letzte Glut vom abendlichen Lagerfeuer und es lag der Duft von gebratenem Fleisch in der Luft. Rund um den Dorfplatz standen Jurten, traditionelle Wohnzelte, in verschiedensten Größen. Da sie die Farbe der Dünen hatten, waren sie kaum zu sehen. Nur das Kerzenlicht, das durch die Stoffbahnen der Außenwände schien, ließ erkennen, dass dieser Ort bewohnt war.

Die Vane-Geschwister Arius und Saria lagen an Deck der *Terrana* und betrachteten den Sternenhimmel.

„Ich glaub nicht, dass du schon so weit bist, kleine Schwester. Du kennst doch nicht mal den Unterschied zwischen Großsegel und Focksegel."

„Kenn ich wohl, du Besserwisser. Nur weil du mit 13 Jahren noch ein Hosenscheißer warst, heißt das noch lange nicht, dass ich nicht mutig genug bin."

Saria starrte ihren zwei Jahre älteren Bruder herausfordernd an. So leicht würde sie sich nicht einschüchtern lassen, denn schließlich war sie eine Trockenländerin und zukünftige Piratin.

„Wenn schon, hast du Muffensausen Bruderherz. Solltest du die Prüfung nicht schaffen, kannst du es vergessen, auf große Fahrt zu gehen."

Arius würde es nie zugeben, aber ganz Unrecht hatte seine Schwester nicht. Natürlich hatte er nicht wirklich Angst, aber etwas besorgt war er schon.

Sie sollten morgen ins Herz von Calvaria aufbrechen, um dort zusammen mit Gleichaltrigen den Piratenkodex zu erlernen. Dort mussten sie schwierige und gefährliche Prüfungen absolvieren, und wer diese nicht bestand, war dazu verdammt, für immer eine Landratte zu bleiben.

An Land blieben die Trockenländer sowieso oft, aber nur richtige Piraten durften mit der *Terrana* ins Abenteuer segeln, so wie sein Onkel, Invisible Jack, er war Kapitän der *Terrana* und segelte mit ihr quer über die Wüsten und Dünen des Trockenlands.

Das wollte Arius auch und noch viel mehr. Er war sich sicher, da draußen warteten Abenteuer auf ihn, die er unbedingt erleben wollte.

„Pennst du jetzt?"

Die freche Stimme seiner Schwester holte ihn ins Hier und Jetzt zurück.

„Ach, lass mich doch in Ruhe!" Er schob seine Schwester zur Seite und ging nach vorne an den Bug.

Saria schüttelte den Kopf. Ihr Bruder war immer so ernst. Sie selbst war da ganz anders – wieso sollte man sich über alles und jeden den Kopf zerbrechen?

Während Arius in die Dunkelheit starrte, flatterte sein beiger Mantel im Wind. Die Trockenländer trugen nur Kleidung in Beige, Braun und Weiß passend zur Umgebung. Nur ihre pechschwarzen Haare, besonders Sarias unbändige Lockenmähne, stachen heraus.

Dies war aber kein Problem, denn die Trockenländer hatten eine Gabe: Sie konnten sich unsichtbar machen. Wann immer sie wollten, verschmolzen sie regelrecht mit ihrer Umgebung und konnten sich so vor Feinden verstecken.

Das klappte natürlich auch, wenn man seiner Mutter den Kuchen stehlen wollte, nur, dass sich diese inzwischen schon recht gut zu helfen wusste. Ihre Tricks reichten von Mehl auf dem Boden, um anhand der Fußabdrücke den Schuldigen zu verfolgen, bis hin zu unsichtbaren Wachen.

Saria hatte sich inzwischen eine kuschelige Decke geholt und machte es sich zwischen Tauen und Fässern gemütlich. Sie freute sich auf Calvaria, denn zu Hause hatte sie wenig über das Piratenleben gelernt.

Sie liebte ihre Mutter, aber Piratin war sie keine besonders gute.

Ihre Mutter bevorzugte es, an ein und demselben Ort zu sein und sich um andere zu kümmern.

Sie war stets freundlich und warmherzig, keine Eigenschaften, die einen Piraten ausmachten.

Auch ihr Onkel Jack hatte ihr bislang nur wenig gezeigt, schließlich war er stets auf großer Fahrt. Und ihr Vater …

Tja, von ihrem Vater wusste sie eigentlich gar nichts. Mutter wollte nie über ihn sprechen. Auch sonst schien niemand zu wissen, wer er war und ob er überhaupt noch lebte.

„Shadow, Curly! Ab unter Deck, der Kapitän will euch sehen!" Die dumpfe Stimme des Bootsmanns donnerte durch die Dunkelheit.

Die Geschwister fuhren herum und folgten aufs Wort, denn den Kapitän ließ man nicht warten.

Wie alle Piraten hatten auch die Vane Geschwister Beinamen. Sie hießen mit vollem Namen Arius Shadow Vane und Saria Curly Vane. Nur die beiden Geschwister und ihre Mutter nannten sich bei ihren Vornamen, alle anderen benutzten die Beinamen.

Invisible Jack wartete in der Kapitänskabine auf seinen Neffen und seine Nichte. Er war eine imposante Erscheinung, groß, mit breiten Schultern und einem rabenschwarzen Bart.

„Na, ihr zwei? Soweit alles in Ordnung? Ich habe euch zu mir gerufen, weil ihr in Kürze zu eurem ersten Abenteuer aufbrechen werdet. Ich muss euch nicht erklären, wie wichtig diese Prüfung für euch ist. Wenn ihr versagt, werdet ihr nicht nur zu einem Leben am Boden verdammt, sondern ihr würdet auch Schande über die Trockenländer bringen."

Arius und Saria schluckten. Der Kapitän fuhr fort: „Seit Jahren sind wir, das Volk der Trockenländer, bemüht, unser Bestes zu geben. Wir sind vielleicht nicht so exotisch wie die Aquaticus oder die Windisch oder so magisch wie die Wellenwanderer, aber wir waren immer die schlausten Piraten. Keiner ist uns an Strategie und Klugheit überlegen!"

„Und die Feueraugen?", warf Saria unüberlegt ein.

Invisible Jack drehte sich abrupt um. „Erwähne nie wieder diese Kodex-brechenden Hunde vor mir!"

Seine Stimme war so kalt und schneidend, dass die Geschwister ein paar Schritte zurückwichen.

Die Feueraugen aus dem unwirklichen, höllenähnlichen Feuerland waren ein weit gefürchteter Stamm. Legenden besagten, dass es dort nur karges Gestein und Lava gab. Sie sollen unerbittlich sein und das Feuer soll ihnen aus den Augen schießen.

Aber so genau wussten das nur sehr wenige, denn kaum ein Schiff wagte sich in ihre Nähe.

Der Kapitän schnaufte tief durch und kam langsam zum Ende seines Vortrags. „Genau deshalb ist es so wichtig, dass ihr die Gesetze und Richtlinien der Piraten erlernt. Der Piratenkodex steht über allem und ihr sollt auf keinen Fall so werden wie diese Flammenbeschwörer. Ein Letztes noch, bevor ich euch entlasse: Ich möchte euch zum einen die Flagge der Trockenländer mitgeben. Haltet sie in Ehren und verteidigt sie, wenn nötig, mit allem, was ihr habt. Bei der Prüfung sollt ihr sie mit Stolz durch die Hallen von Calvaria tragen."

Er überreichte die Flagge an Arius. Sie war aus kostbarem goldenen Stoff, darauf gestickt das Zeichen, das er seit seiner Kindheit stets vor Augen hatte, eine Düne mit einer Sonne dahinter am Horizont. Darüber stand in großen Lettern „Trockenland" und darunter „Ad solem" – Der Sonne entgegen.

„Das zweite Geschenk, das ich euch mitgeben möchte, ist dieser Kompass. Er ist unser wichtigster Schatz. Er ist bereits seit sehr langer Zeit im Besitz unseres Stammes. Seht zu, dass er nicht in falsche Hände gerät. Ich möchte ihn immer bei euch wissen."

Saria nahm den Kompass entgegen. Er war reich verziert und wunderschön anzusehen. Als sie kurz zum Kapitän blickte, schien es, als hätte sie auf seinen Lippen ein seltsames Grinsen aufblitzen sehen.

Sorgfältig verstauten die Kinder die Geschenke in ihren Taschen und gingen zurück an Deck.

Morgen würden sie aufbrechen und nach nur zwei Tagen, wenn Wind und Wetter auf ihrer Seite wären, würden sie in Calvaria eintreffen.

KAPITEL II

Aufbruch nach Calvaria

Früh am Morgen wurden die Geschwister durch lautes Rufen und unsägliches Geklapper und Gepolter geweckt. Der Dorfplatz und der Steg glichen einem Markt. Überall standen Truhen, Fässer und Säcke. Piraten waren dabei, Vorräte und Handelsgut auf die *Terrana* zu laden. Denn selbst wenn der Pirat an sich lieber plünderte, als Tauschhandel zu betreiben, so mussten doch einige Dinge wie Lebensmittel an fremden Häfen mit anderen Stämmen getauscht werden.

Saria streckte sich und versuchte, ihre Locken mit einem braunen Band aus dem Gesicht zu binden.

„Es ist so weit, Arius! Heute stechen wir das erste Mal in Sand!"

Sie war ganz aufgeregt, und auch Arius spürte ein leichtes Kribbeln im Bauch.

Zusammen machten sie sich auf den Weg zur Jurte ihrer Mutter, um mit ihr ein letztes Frühstück einzunehmen. Mitten in der Jurte stand ein kleiner Tisch, er war nur kniehoch und rundherum lagen Polster, auf denen bereits ihre Mutter saß.

Auch die Geschwister setzten sich im Schneidersitz an den Tisch. Er war voll

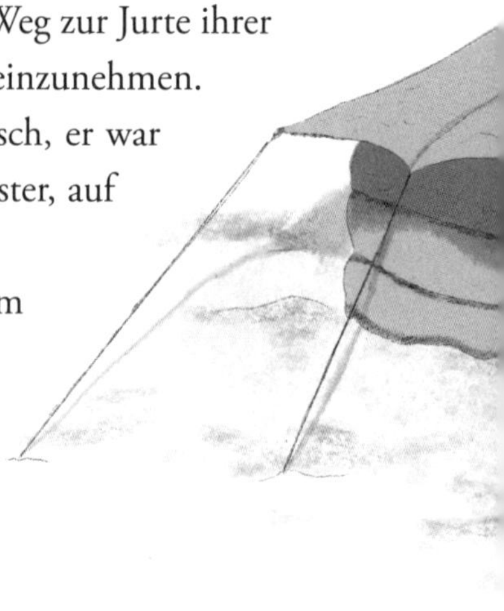

von lauter Köstlichkeiten. Ihre Mutter hatte all ihre Lieblingsspeisen aufgetischt.

„Nehmt euch!“, forderte sie ihre Kinder auf. „Wer weiß, wann ihr das nächste Mal wieder etwas Ordentliches zwischen die Zähne bekommt.“

Das Frühstück schmeckte köstlich und Arius und Saria schlugen sich die Bäuche voll.

„Ich freue mich so auf Calvaria! Das wird sicher total spannend!“, meinte Saria, während sie sich die letzte Waffel in den Mund schob. Niemand buk so leckere Waffeln wie ihre Mutter, die fehlten ihr jetzt schon.

Plötzlich kullerte ihrer Mutter eine Träne über die Wange.

„Mutter, was ist los?“, fragte Arius und legte ihr eine Hand auf den Arm.

„Ach, ihr werdet mir so fehlen. Das wird ein Abenteuer, ja, aber ein sehr gefährliches. Zudem werdet ihr so furchtbar lange von zu Hause weg sein. Wenn es nach mir ginge, bräuchtet ihr keine Piraten zu werden, es würde mir genügen, wenn ihr hier bei mir bleiben würdet.“

Saria nahm ihre Mutter fest in den Arm und knuddelte sie.

„Aber Mutter, wir kommen immer wieder zurück. Und außerdem, was wären wir für Trockenländer, wenn wir keine Piraten werden wollten?“

Die Mutter verstand das sehr wohl, aber anders als ihre Kinder wusste sie genau, was den zweien bevorstand.

Auf dem Dorfplatz hatte sich inzwischen der ganze Stamm eingefunden. Invisible Jack hielt wie vor jeder großen Fahrt eine Ansprache.

„Trockenländer, die *Terrana* und ihre mutige Besatzung sticht wieder für euch in Sand. Wir werden für Ruhm und Ehre sorgen und mit einem reich beladenen Schiff zurückkehren. Besonders freut es mich, auf dieser Fahrt zuerst auf Calvaria haltzumachen, um dort Shadow und Curly zu ihrer Prüfung zu bringen. Wir sind stolz, gleich zwei neue Kandidaten für die Prüfung stellen zu können und sind uns sicher, dass sie dem Trockenland alle Ehre machen werden."

Arius und Saria traten nach vorne und die Meute jubelte.

Als der Kapitän zum Schluss seiner Rede kam, reckte er seine Faust in die Höhe und rief wie bei jeder Verabschiedung: „Ad solem!" Und alle Trockenländer machten es ihm nach. Es war ein überwältigendes Gefühl, dass nun dieser Gruß auch für die Vane-Geschwister gelten sollte.

Langsam wurde es ernst. Sie luden ihr Hab und Gut aufs Schiff und umarmten das letzte Mal ihre Mutter.

„Gebt auf euch acht, meine Wüstensterne und wählt immer den rechten Weg, auch wenn das nicht immer der leichtere sein mag."

Arius und Saria standen an der Reling, während die Besatzung die Vertäuung löste und die Segel gesetzt wurden.

Am Ufer standen die zurückgebliebenen Trockenländer die Faust zum Gruß gehoben.

Mit einem Ruck setzte sich die *Terrana* in Bewegung. Langsam nahm sie Fahrt auf und bereits nach einigen Metern glitt sie fast lautlos über den Wüstensand dahin. Das goldene Hauptsegel zeigte die Dünen mit der Sonne im Hintergrund und gleich darüber flatterte die schwarze Piratenflagge im Wind.

„Endlich auf Abenteuerfahrt“, sagte Arius mehr zu sich selbst als zu seiner Schwester, „Calvaria wir kommen!“

KAPITEL III

Das Erwachen der Dünen

Seit vier Stunden waren die Geschwister nun mit der *Terrana* unterwegs. Die Sonne brannte vom Himmel und ringsum nichts als Sand und Dünen.

Es war heiß und alle an Bord hatten sich ein Tuch vor den Mund gebunden, um den Wüstensand, den der Wind mit sich trug, fernzuhalten. Sogar auf der Haut fühlte sich der Sand wie Schmirgelpapier an.

Trotzdem fühlte sich Arius so frei wie nie zuvor. Genau das war es, was er sich immer schon gewünscht hatte – Segel setzen und die Welt erobern.

„Kapitän, der Wind wird schwächer!", meldete sich ein Crew-Mitglied aus dem Ausguck.

„Das ist nicht gut." Invisible Jack schaute sich um und holte seinen ersten Unteroffizier Shorty zu sich.

„Wenn der Wind noch schwächer wird, bleiben wir liegen. So schaffen wir es frühestens bei Sonnenaufgang an die Grenze zum Wellenreich, dann liegen wir einen halben Tag zurück."

„Aye", antwortete Shorty.

Wie befürchtet wurde der Wind immer schwächer und kurz bevor die Sonne am Horizont verschwand, kam die *Terrana* genau auf einem Dünenkamm zu stehen. Es wurde dunkel und kalt. Denn auch, wenn die Tage im Trockenland heiß waren, so waren die Nächte oft bitterkalt.

Der Kapitän rief die ganze Mannschaft an Deck: „Trockenländer, wir werden wohl oder übel einen Halt einlegen müssen. Nutzt diese Zeit, um euch auszuruhen. Shorty, du hältst Wache. Sollte der Wind wieder einsetzen, segeln wir sofort weiter."

So gingen die Piraten und auch Arius und Saria unter Deck und legten sich in ihre Hängematten.

Eine ganze Weile herrschte absolute Stille. Arius und Saria waren schon fast eingeschlafen, als sie plötzlich durch ein lautes Getöse aufgeschreckt wurden.

„Was war das?" Saria schaute sich um, aber auch die übrigen Piraten waren ratlos.

Da war das Geräusch erneut, diesmal noch lauter und zudem schien das Schiff einen Schlag abbekommen zu haben.

In diesem Moment ertönte die Alarmglocke, die alle Piraten an Deck rief. Invisible Jack stürmte aus seiner Kajüte und schnappte sich seine Flinte.

„Shadow, Curly! Ihr bleibt gefälligst hier unten! Ganz egal, was ihr hört, ich will euch nicht an Deck sehen!"

Saria rückte näher an Arius heran. Das Getöse wurde immer lauter und gespenstischer. Die *Terrana* bewegte sich immer wieder ruckartig, als würde sie von etwas oder jemandem hin und her geschubst.

„Was ist das da draußen bloß?", fragte sich Arius. Es musste auf jeden Fall etwas Großes sein. Sie kannten die Geschichten über Ungeheuer und wilde Unwetter, aber die waren doch alle nur Seemannsgarn. Oder vielleicht doch nicht?

An Deck wurden die Kämpfe immer härter und man konnte kaum etwas verstehen, das machte Arius ganz nervös. Er musste wissen, was da vor sich ging.

„Saria, du wartest hier!"

Er machte sich auf den Weg an Deck, doch seine Schwester stand sofort hinter ihm. „Das kannst du vergessen! Du willst wohl den ganzen Spaß für dich alleine?" Arius wollte ihr schon widersprechen, aber trotz ihrer zittrigen Stimme schien sie wild entschlossen.

Während die Geschwister langsam die Stufen nach oben gingen, bekam das Schiff erneut einen harten Schlag ab. Arius und Saria fielen hin und klatschen an die Wand. Zum Glück hatten sie sich nicht ernsthaft verletzt, nur Sarias Hand schmerzte etwas.

Als sie die letzten Stufen erreichten, knieten sie sich nieder und versuchten mit ihrer Umgebung eins zu werden. Die Geschwister schlossen ihre Augen, atmeten tief ein und konzentrierten sich. Es fiel ihnen nicht besonders schwer, ihre Umrisse verschwinden zu lassen, diese Gabe hatten sie ja in die Wiege gelegt bekommen, aber wie bei allem im Leben, reichte Talent nicht aus. Wer sich perfekt tarnen wollte, musste ständig üben.

Als sie an Deck krochen, stockte ihnen der Atem. Das konnte nicht wahr sein. Sie mussten träumen.

„Siehst du das auch?", wisperte Saria ungläubig. Arius konnte es auch sehen, aber glauben wollte er es nicht.

Die Piratenmannschaft kämpfte mit allem, was sie hatte, aber der Gegner schien übermächtig. Von allen Seiten schossen riesige, schiffshohe Sandfontänen in den Nachthimmel und brachten die *Terrana* fast zum Kentern. Es schien, als würde die Wüste versuchen, das Schiff zu verschlucken. Jedes Mal, wenn eine Sandwelle auf die *Terrana* traf, ertönte ein ohrenbetäubendes Geräusch. Das Schiff wurde dabei umhergeschubst, als wäre es nur eine kleine Nussschale und der Wüstensand umschloss das Schiff, wie die Fangarme eines Riesenkraken.

Es sah nicht gut aus für die Trockenländer. Es wurden immer mehr Sandfontänen und die Munition der Piratenflinten schien ihnen nichts auszumachen. Wie auch? Waren es doch nur normale Patronen, die einfach durch den Sand hindurch glitten.

„Wir brauchen ein Wunder", dachte Arius bei sich und schaute sich um. Wie konnten sie gegen die Wüste nur ankommen?

„Shadow, Curly, was macht ihr hier an Deck? Bringt euch sofort in Sicherheit!“ Invisible Jack hatte sie entdeckt. Da ihre Tarnung noch nicht ausgereift genug war, hatte er sie ausfindig machen können.

„Aber Onkel!“, protestierte Arius, „wir können helfen. Ihr könnt jeden Mann brauchen.“

„Und jede Frau!“, fügte Saria gegen den Lärm brüllend hinzu. Aber das konnten sie vergessen, der Kapitän ließ sich nicht erweichen und schickte sie erneut unter Deck.

Arius schäumte vor Wut: „Was sollen wir hier unten, wenn das Schiff kentert, sind wir sowieso dran. Wir brauchen einen Plan!“

Er versuchte sich zu beruhigen, denn ohne klaren Kopf würde er dieses Problem nie lösen können.

„Die Wüste kann man nicht besiegen“, seufzte Saria.

Da hellte sich Arius Miene auf. „Du hast völlig recht, Schwesterherz! Wir können die Wüste nicht besiegen. Aber das müssen wir auch nicht. Wir müssen einfach nur weg von hier.“ Saria verdrehte die Augen.

„Blitzmerker! Das würden wir doch machen, wenn wir könnten. Vielleicht ist es dir noch nicht aufgefallen, aber wir haben keinen Wind. Und die Ruder an Bord helfen im Sand auch reichlich wenig.“

Das stimmte, aber es musste noch einen Weg geben, das Schiff in Bewegung zu bekommen, auch wenn der nötige Wind fehlte.

Arius sah sich um.

„Die Kanonen!“

„Was ist mit denen? Die werden genauso wenig ausrichten, wie die Flinten-Munition.“

Arius wollte sich nicht mit Erklärungen aufhalten und stürmte nach oben. An Deck rief er nach seinem Onkel, denn dieser hatte die Fähigkeit der Tarnung perfektioniert und selbst die erfahrensten Spurensucher konnten ihn nicht ausfindig machen.

„Arius Shadow Vane! Du sturer Esel! Ich hab gesagt, du sollst unter Deck bleiben!"

„Ich weiß Onkel, aber ich habe eine Idee, wie wir aus diesem Schlamassel wieder herauskommen."

Invisible Jack wollte ihm zuerst gar nicht zuhören, aber er überlegte es sich anders, denn der Kampf schien aussichtslos.

Arius' Idee gefiel seinem Onkel und weil sie nichts zu verlieren hatten, gingen sie zusammen unter Deck.

Dort beluden die Piraten alle Kanonen und richteten sie anschließend Richtung Heck anstatt auf die Sandfontänen. Der Kapitän stellte sich in die Mitte und bei drei feuerten die Piraten gleichzeitig die Kanonen ab. Das Schiff machte einen kleinen Ruck nach vorne, blieb aber sofort wieder stehen.

„Nachladen! Noch einmal!", brüllte Invisible Jack gegen die Geräusche von draußen an.

Wieder luden die Piraten die Kanonen und feuerten sie auf drei ab. Das Schiff machte einen Ruck und schien langsam die Düne hinabzugleiten. Alle rannten an Deck. So wie es Arius' Idee gewesen war, segelten sie die riesige Düne hinab, auf deren Kamm sie festgesessen hatten.

Invisible Jack und sein Unteroffizier blickten verwundert zurück.

„Kapitän, wieso haben die Dünen uns angegriffen? Sie sind doch unsere Verbündeten. Normalerweise würden sie uns beschützen."

Der Kapitän schüttelte nur verärgert den Kopf. Etwas derartiges war zuvor noch nie vorgekommen. Die Trockenländer waren das Volk der Wüste und die Dünen ihr Zuhause. So reagierten die Dünen normalerweise nur, wenn ein Feind in der Nähe war oder die Trockenländer in großer Gefahr steckten.

Nachdenklich ließ der Kapitän seinen Blick über die Mannschaft gleiten. Welche Geheimnisse gab es noch auf diesem Schiff?

KAPITEL IV

Beunruhigende Nachrichten

Die *Terrana* hatte nun wieder volle Fahrt aufgenommen, da, den Göttern sei Dank, der Wind wiedergekehrt war. Obwohl es den Göttern zu verdanken war, konnte man nie so sicher sein, denn manchmal hatten auch andere ihre Hände im Spiel.

Arius kam gerade aus der Kajüte, als sich sein Onkel mit seinem Unteroffizier unterhielt. „Kapitän, wir müssen immer vorsichtig sein. Ihr wisst, trauen kann man niemandem."

Shorty schaute mit verkniffenen Augen Richtung Himmel. Auch Invisible Jack blickte sich aufmerksam um.

„Was sucht ihr denn da am Himmel?" Arius gesellte sich zu den beiden.

„Wir müssen uns wohl nicht auch noch vor Riesen-Vögeln in Acht nehmen?"

Eigentlich hatte Arius es mehr im Scherz gesagt, aber die Piraten schienen tatsächlich etwas beunruhigt.

„Nein, Shadow, Riesen-Vögel sind es keine, aber der Wind ist einfach zu schnell aufgekommen!" Der Kapitän deutete auf eine Wolkenansammlung, aus der etwas herausblitzte.

„Was meinst du damit?", fragte Arius, während seine Schwester zu der Versammlung hinzustieß.

„Echt, Bruderherz, du weißt aber wirklich gar nichts! Wind? Wolken? Klingelt's da nicht bei dir?" Saria schaute Arius herausfordernd an, aber dieser schien wirklich auf dem Schlauch zu stehen.

„Was dir deine Schwester versucht zu sagen, lieber Neffe, ist, dass nicht immer die Götter für den Wind verantwortlich sind, sondern auch die Windisch!"

Arius blickte hinauf in den Himmel, konnte aber nichts erkennen.

Invisible Jack folgte seinem Blick. „Noch kann man sie nicht sehen, aber ich spüre, dass sie da sind."

„Aber warum müssen wir vorsichtig sein, wollen sie uns überfallen?" Arius war verunsichert.

„Das kann man nie wissen, Shadow. Auch wenn der Piratenkodex besagt, dass Schiffe, die auf dem Weg ins Herz von Calvaria sind, nicht überfallen werden dürfen, so sind wir doch alle am Ende Piraten. Zudem segeln wir noch unter der Piratenflagge."

Saria schien wenig beeindruckt.

„Ich denke, wenn sie uns hätten überfallen wollen, dann hätten sie es doch schon getan." Sie zuckte mit den Achseln und wollte nach vorne an den Bug gehen, um frühzeitig das Meer zu entdecken, sollte es am Horizont auftauchen. Doch just in dem Moment, als sie die Versammlung verlassen wollte, schossen plötzlich drei große, metallisch wirkende Vögel über die *Terrana* hinweg.

„Windisch!", schrie Shorty dem Kapitän zu. Dieser griff kampfbereit zur Flinte und schaute nach oben.

Die drei „Vögel" flogen ein zweites Mal auf die *Terrana* zu und landeten diesmal direkt an Deck.

Es waren aber keine Vögel, es waren Piraten. Alle drei trugen riesige Flügel aus Metall und sie waren silbern gekleidet. Sie wirkten, als wären sie komplett aus Metall. Sogar ihre Haare schienen mehr grau als blond zu sein.

„Aperi alas! Seid gegrüßt."

Einer der Windisch, höchst wahrscheinlich der Kapitän, trat auf Invisible Jack zu. Dieser senkte die Flinte.

„Ad solem! Hallo Iron Wing, was führt euch zu uns?"

„Wir sind auf dem Weg nach Calvaria, um meinen Sohn Feather zu seiner Prüfung zu bringen, da haben wir euer Schiff entdeckt. Wir haben uns gefragt, ob auch ihr auf dem Weg dorthin seid?"

„So ist es! Wir bringen meine Nichte Curly und meinen Neffen Shadow nach Calvaria. So haben wir die Ehre, sogar zwei neue Piraten zu stellen." Der Kapitän zeigte auf Arius und Saria.

„Na, na, noch sind sie keine Piraten." Iron Wing zwinkerte in die Richtung der Kinder. „Aber habt ihr schon die Gerüchte gehört?"

Invisible Jack runzelte verwundert die Stirn: „Welche Gerüchte?"

„Uns ist zu Ohren gekommen, dass dieses Jahr die Feueraugen an der Prüfung teilnehmen wollen."

Die Geschwister erschraken und auch der Kapitän schien beunruhigt.

„Verflixt! Das kann nichts Gutes bedeuten. Die Feueraugen haben sich noch nie um den Piratenkodex geschert."

„Genau dasselbe haben wir uns auch gedacht. Wir fanden es besser, alle vorzuwarnen, denn wenn nur ein Fünkchen Wahrheit in diesem Gerücht steckt, sollten wir auf der Hut sein."

„Ich danke dir, Iron Wing. Ich hoffe, dass es nur ein Gerücht bleibt."

Die Windisch verabschiedeten sich und schossen hoch in die

Luft. Saria und Arius schauten fasziniert zu, wie die Windisch davonflogen. Schon die Mechanik, welche die metallischen Flügel auf Knopfdruck ausklappen ließ, fesselte sie. Die Nachrichten, die sie erhalten hatten, waren beunruhigend, denn auch wenn sich die Geschwister in der Piratenwelt noch nicht so gut auskannten, eins hatten sie früh gelernt: Haltet euch von den Feueraugen fern!

Invisible Jack und sein Unteroffizier zogen sich in die Kapitänskabine zurück, um in Ruhe über alles zu sprechen. Die Kinder gingen nach vorne an den Bug, denn es sollte nicht mehr lange dauern, bis das Meer am Horizont auftauchen würde. Saria hielt sich an der Reling fest und schaute gebannt aufs Meer. Das Holz fühlte sich, durch Wind und Wetter geschliffen, ganz glatt an.

„Meer in Sicht!" Laut hallten die Rufe aus dem Ausguck. Arius und Saria strengten sich an und konnten weit in der Ferne ein Glitzern erkennen.

Von einem Moment auf den anderen schien der Wind sich zu verstärken und mit einem lauten Rauschen schoss ein Luftschiff aus ein paar Wolken hervor.

„Die Windisch! Da oben siehst du sie?" Saria deutete nach oben. Natürlich konnte Arius sie sehen, sie waren direkt über ihnen.

Das Luftschiff war beeindruckend. Der gesamte Rumpf schien aus Metall zu bestehen. An Deck sah man überall seltsame Apparaturen. Über die gesamte Länge des Schiffs schwebte an Seilen ein Heißluftballon. Darauf zu sehen ein paar silberne Schwingen und der Satz, den die Windisch vorher zu ihrem Onkel gesagt hatten: „Aperi alas". In silbernen Lettern prangte der Name des Schiffs an den Außenseiten: *Liberty*.

„Bereit machen zum Wassern!" Shorty trieb die Piraten an.

Es dauert nur noch wenige Minuten, dann hatte die *Terrana* das Meer erreicht. Mit einem lauten Platschen traf das Segelschiff auf Wasser. Eine Welle schwappte über den Bug und lauter kleine Gischt-Spritzer landeten in Arius und Sarias Gesicht. Zum ersten Mal in ihrem Leben konnten sie das Meer schmecken. Es schien endlos wie die Dünen im Trockenland. Nur mit dem Unterschied, dass das Wasser fast spiegelglatt war und in der Sonne glitzerte.

Die *Liberty* war noch ein Stück zusammen mit der *Terrana* geflogen, aber vor gut einer Stunde waren die Windisch wieder in den Wolken verschwunden.

„Na, ihr zwei?“ Invisible Jack trat auf seine Nichte und seinen Neffen zu. „Wie findet ihr das Meer?“

„Echt cool!“, raunte Saria bewundernd.

„Das Meer ist unglaublich. Ich hätte nie geglaubt, dass es so tiefblau sein kann. Und so wie die Sonne darauf scheint, sieht es aus, als würden tausende Lichter auf der Oberfläche tanzen.“ Schwärmerisch schaute Arius in die Ferne.

„Stimmt. Aber es kann auch ganz anders sein. Gefährlich, zerstörerisch und schwarz wie die Seele eines Feuerländers.“

Der Kapitän besegelte das Meer schon seit so vielen Jahren und er kannte seine Tücken. Er wusste von den vielen Schiffen, die nicht mehr von ihren Reisen zurückgekehrt waren.

„Wir setzen nun die Friedensflagge“, machte Shorty Meldung bei dem Kapitän.

„Friedensflagge? So was haben Piraten?" Saria war verwundert.

Invisible Jack musste schmunzeln. „Ja, Curly, so etwas haben Piraten. Diese eine spezielle Flagge hissen wir nur, wenn wir auf dem Weg ins Herz von Calvaria sind. Da unsere Hauptinsel neutraler Boden ist, ist es laut Kodex allen Piraten untersagt, die anderen Völker auf der Insel oder auf dem Weg dorthin anzugreifen. Dies ermöglicht, dass wir unsere Nachkommen zur Prüfung schicken können und ihr in Calvaria gemeinsam gefahrlos lernen könnt. Zudem befindet sich auf der Hauptinsel am Hafen ein großer Handelsplatz. Dort können wir mit anderen Piraten Waren tauschen und ein- und verkaufen. Es läuft ja nicht immer so gut mit dem Plündern."

„Schiff in Sicht!", hallte es vom Ausguck herunter. Invisible Jack zückte sein Fernrohr. „Ah, die *Fortune*."

Arius und Saria drehten sich in die Richtung, in die ihr Onkel blickte. In der Ferne sahen sie einen kleinen dunklen Punkt, der schnell näherkam.

„Boa! Die sind aber echt schnell unterwegs, oder?" Saria blieb der Mund offenstehen.

„Ja Curly. Die *Fortune* ist das schnellste Schiff weit und breit. Aber ihr braucht keine Angst zu haben, es ist das Schiff der Wellenwanderer und auch sie haben die Friedensflagge gehisst."

Lange mussten die Geschwister nicht warten, dann sahen sie die *Fortune* in ihrer ganzen Pracht. Es war ein sehr wendiges Boot. Schmal und windschnittig. Das Hauptsegel war dunkelblau und zeigte eine riesige Welle. Sie schafften es mit Müh und Not, Details zu erkennen, denn kaum fuhr das Schiff neben ihnen, war es auch schon wieder verschwunden. An Deck sah Arius einen Jungen, der ungefähr in seinem Alter sein musste. Vielleicht war auch er auf dem Weg zur Prüfung.

Saria interessierte sich nicht mehr für die *Fortune*, diese war mittlerweile ohnehin nur mehr ein Punkt in der Ferne. Vielmehr war sie aufgeregt, endlich Calvaria zu erreichen.

„Invisible Jack, wie weit ist es noch bis zur Hauptinsel?"

„Bei diesen Windverhältnissen noch ungefähr einen Tag immer Richtung Norden." Der Kapitän ging unter Deck und ließ die Geschwister allein zurück.

Saria fiel der Kompass ein, den ihr Invisible Jack vor der Abfahrt geschenkt hatte. Sie holte ihn aus der Tasche und versuchte, die Richtung zu ermitteln. „Der funktioniert ja gar nicht."

Arius nahm ihn ihr aus der Hand. „Lass es mich mal versuchen."

Saria verdrehte die Augen, überließ den Kompass aber trotzdem ihrem Bruder.

„Der funktioniert wirklich nicht", stellte auch dieser fest. Wie die Geschwister den Kompass auch drehten und wendeten, die Nadel in der Mitte schien einfach nur wahllos die Runde zu drehen.

„Na bravo! Das soll der wertvollste Schatz unseres Volkes sein? Dann sind wir aber arm dran!" Saria steckte den Kompass zurück in ihre Tasche.

Dann hieß es ab zum Kombüsen-Dienst. Heute waren die Geschwister in der Küche eingeteilt und das hieß vor allem eins: Kartoffel schälen.

KAPITEL V

Land in Sicht

Die weitere Fahrt übers Meer verlief recht ereignislos und dank der guten Wetterverhältnisse war die Hauptinsel von Calvaria bald in Sicht.

Arius und Saria standen ganz vorne am Bug, um die Einfahrt in den Hafen zu genießen. Die Insel kam immer näher und die Geschwister staunten. Schon jetzt aus einigen hundert Metern Entfernung konnte man den Markt direkt am Hafen erkennen. Die Insel war gar keine richtige Insel wie man sie erwartet hätte. Es waren fast unzählige Plattformen, die durch Stege und Brücken zusammengehalten wurden. Eine Plattform mit Häusern, Ständen und Handwerksbetrieben reihte an die nächste. Nur in der Mitte erhob sich ein außergewöhnliches Gebäude über alle anderen: die Hallen von Calvaria. Noch konnten Arius und Saria nichts Genaues erkennen, aber ihre Herzen begannen schon aufgeregt zu klopfen.

Kurz bevor die *Terrana* in den Hafen von Calvaria einfuhr, begann das Wasser unruhig zu werden. Die Wellen vor ihnen wurden immer größer.

Saria wich zurück, als sie eine Welle erwischte.

„Was soll das denn schon wieder!“ Sie wollte schon weiterschimpfen als sich vom einen auf den anderen Moment das Wasser teilte und ein Schiff auftauchte. Es war ein Segelschiff wie die *Terrana,* nur, dass es an den Seiten des Rumpfes Ruder hatte, die Flossen ähnelten. Es war sehr groß und das Hauptsegel zeigte einen Walfisch.

Arius riss die Augen auf. „Wo kommt das denn auf einmal her?"

Shorty, der gerade alles für den Landgang vorbereitete, musste grinsen.

„Ist schon recht imponierend, wenn man die *Balaena* zum ersten Mal sieht."

Saria hakte nach: „Was ist das für ein Schiff?"

„Die *Balaena* ist das Boot der Aquaticus, es kann über, aber auch unter Wasser fahren. Deshalb weiß man nie, wo es plötzlich auftaucht."

Arius runzelte die Stirn. „Ja, aber ertrinkt die Besatzung dann nicht? Das Schiff kann doch unmöglich so wasserdicht sein, dass man unter Wasser segeln kann?"

Shorty musste wieder grinsen. „Ach, ihr beiden habt wirklich noch viel zu lernen! Wir würden vielleicht ertrinken, aber wir sind ja auch keine Aquaticus." Er zwinkerte den Geschwistern zu und begab sich wieder an die Arbeit.

Genau verstanden Arius und Saria nicht, was der Unteroffizier damit meinte, aber sie würden es schon noch herausfinden. Jetzt galt ihre Aufmerksamkeit vor allem der Insel vor ihnen und allem, was dort auf sie wartete.

Als die *Terrana* in den Hafen einfuhr, wurde sie von der *Balaena* geflankt. Ein weiteres Schiff, es musste die *Fortune* sein, hatte bereits angelegt. Und auch die *Liberty* wasserte gerade direkt vor dem Hafen. Es war ein ganz besonderer Anblick, wie all diese verschiedenen Schiffe mit ihren Völkern in den Hafen einliefen.

Sobald sie angelegt hatten, durften die Geschwister von Bord. Invisible Jack gab die letzten Anweisungen für die Crew und er sprach auch zu Arius und Saria. „Shadow, Curly. Seht euch ruhig etwas um. Wir treffen uns wieder hier in einer Stunde. Dann gehen wir zusammen in die Hallen von Calvaria."

Auf diesen Satz hatten die Geschwister gewartet – endlich auf Erkundungstour!

Der Hafen war voller Piraten. Alle luden ab oder auf und es herrschte ein rauer Ton. Trotz allem schienen sich die Piraten an den Kodex zu halten, denn richtige Auseinandersetzungen gab es keine.

„Arius schau! Da gibt es Schmalzgebäck!" Saria lief auf einen der ersten Marktstände zu. Dort gab es allerhand Leckerbissen. Da sie in den letzten beiden Tagen meist von Kartoffeln gelebt hatten, gönnten sich die Geschwister zur Abwechslung mal etwas Besonderes. Sobald sie das Schmalzgebäck verdrückt hatten, schauten sie sich auf dem Markt um. Die Eindrücke waren überwältigend. So viel zu sehen, so viele verschiedene Geräusche und exotische Gerüche. Die Anzahl der angebotenen Waren schien unendlich. Frische Fische und Gemüse, Haushaltswaren, Kleidung, Schmuck und auch seltsam mystische Gegenstände. Die Auswahl hatte kaum Grenzen.

Arius ging auf einen Stand mit lauter Krimskrams zu und schaute sich dort um. Die seltsamsten Apparate und Artefakte lagen auf dem Tisch. Die alte Frau, welcher der Stand gehörte, zwinkerte Arius zu. „Na junger Mann, was suchen wir denn?"

Arius zuckte mit den Schultern und nahm ein kleines Kästchen in die Hand. „Eigentlich nichts Besonderes, ich schaue mich nur mal um."

Die alte Frau nickte. „Mach nur, aber die Wellenbüchse, die du da in der Hand hast, wird dir Trockenländer nicht so sehr von Nutzen sein. Vielleicht versuchst du es ja eher mit diesem hier." Sie reichte Arius ein silbernes Armband. Es war aus feinen Gliedern gefertigt und hatte kleine Anhänger. Einen Vollmond, einen Neumond, zunehmenden Mond und abnehmenden Mond.

Arius betrachtete es skeptisch. „Ist das nicht eher was für Mädchen?"

Die alte Frau lächelte. „Na, dann schenke es doch deiner Schwester! So ein Gezeiten-Armband hat noch nie jemandem geschadet. Es kostet nur zwei Calvarias."

Arius dachte an Saria und dass diese sich sicher freuen würde, also nahm er das Armband für sie mit. Er packte es ein und drehte sich um. Als er sich umsah, um Saria zu finden, überkam ihn ein Gedanke. Warum hatte die alte Frau überhaupt gewusst, dass er eine Schwester hatte? Er ging zurück zum Stand, um die Frau danach zu fragen, aber diese schien plötzlich wie vom Erdboden verschluckt.

Ganz in seinen Grübeleien versunken, machte er sich auf den Weg zu Saria. Weil er so mit sich selbst beschäftigt war, bemerkte er nicht die Gruppe Piraten, die von der Seite kam und lief geradewegs in ein Mädchen hinein.

„He! Kannst du nicht aufpassen? So stürmisch hab ich's eigentlich nicht gerne." Das Mädchen zwinkerte ihm zu und die anderen um sie herum lachten.

Arius aber sagte nichts, denn so ein Mädchen hatte er noch nie gesehen. Sie hatte weiße, fast durchsichtige Haut, hellblaue Augen und Haare. Ihre Kleidung schien zu funkeln wie die Schuppen von Fischen.

„Na, hat es dir die Sprache verschlagen?" Plötzlich stand Saria wieder neben ihm und die Gruppe mit dem Mädchen war weitergegangen.

„Was guckst du denen so hinterher? Das sind doch bloß Aquaticus!" Saria schüttelte den Kopf und zeigte auf die Uhr, die mitten auf einem kleinen Platz stand. „Wir müssen zurück zum Hafen, sonst zieht uns der Kapitän die Ohren lang."

Gerade noch pünktlich kamen sie zurück zum Schiff, wo Invisible Jack schon auf sie wartete.

„Nun wird es ernst. Wir werden zur Eröffnungszeremonie in die Hallen von Calvaria gehen, um dort … " Weiter kam der Kapitän nicht, denn genau in diesem Moment ging ein Aufschrei durch die Menge. Alle schauten in das Hafenbecken hinaus, denn was da auf sie zukam, konnte keiner so recht glauben. Schwarz wie die Nacht, mit blutroten Segeln fuhr die *Flame* in den Hafen ein.

„Das kann nicht wahr sein!" Der Kapitän bahnte sich einen Weg nach vorne, um besser sehen zu können. Iron Wing hatte tatsächlich recht gehabt! Die Feueraugen legten in diesem Moment im Hafen von Calvaria an.

KAPITEL VI

Die Feueraugen

Die Kapitäne aller vier Völker versammelten sich mit ihrem Begleitschutz am Hafen, während die Feueraugen das Land betraten. Auch Arius und Saria waren weit vorne dabei, sie wollten die Feueraugen unbedingt aus der Nähe sehen. Der erste, der von Bord ging, musste der Kapitän sein. Es war ein großer Mann mit roten Haaren und einem langen Bart. Er war in schwarzem Leder gekleidet, genau wie die zwei Begleiter, die ihn nun flankierten. Die Geschwister hörten, wie die Leute um sie herum tuschelten. „Das ist er, Firebeard der Grausame."

„Firebeard der Grausame?" entfuhr es Arius. Er schaute fragend den kleinen Piraten an, der gerade mit seinem Nebenmann getuschelt hatte.

Dieser riss die Augen weit auf und flüsterte im beschwörenden Ton: „Nicht so laut! Kennt ihr denn nicht die Geschichten? Dieser Kerl soll der gnadenloseste Pirat sein, der je das Meer besegelt hat. Er macht nie Gefangene und selbst seine Crew fürchtet ihn. Man erzählt sich, er hatte einen Bruder, als dieser eines Tages seine Befehle nicht befolgen wollte, hat Firebeard ihn einfach über die Planke gehen lassen. Man hat ihn nie wieder gesehen."

Arius und Saria schluckten, je näher er kam, desto größer wirkte er. Direkt vor den anderen Kapitänen blieb er selbstsicher stehen. Saria war es, als hätte sie plötzlich den Geruch von Verbranntem in der Nase. Er grinste sie an, aber es war ein Grinsen, bei dem es einem kalt über den Rücken lief. „Werte Kollegen, wie schön euch so zu treffen."

Invisible Jack schaute ihn düster an. „Lass dass Firebeard. Was willst du hier? Das ist ein Ort des Friedens, nicht gerade Feueraugen-Terrain."

Firebeard hob unschuldig die Hände. „Na, na. Wir sind mit den besten Absichten hier. Wir wollen, wie alle anderen Stämme, unsere Kandidaten für die Prüfung stellen."

Ein ungläubiges Raunen ging durch die Menge.

Iron Wing schüttelte den Kopf. „Warum solltet ihr jemanden zur Kodex-Prüfung schicken? Ihr habt euch bis jetzt auch nicht darum geschert."

Firebeard winkte zu seinem Schiff und zwei weitere Feueraugen traten ans Ufer. „Auch wir können unsere Meinung ändern. Da trifft es sich gut, dass gerade meine Kinder, die Teach-Zwillinge genau das richtige Alter erreicht haben, um an der Prüfung teilzunehmen."

Die Zwillinge gesellten sich zu ihrem Vater. Es waren ein Mädchen und ein Junge, sie sahen Firebeard sehr ähnlich. Beide hatten rote Haare und waren wie er in schwarzes Leder gekleidet.

Arius betrachtete die beiden eindringlich. Sie wirkten nicht so selbstbewusst wie ihr Vater, vielmehr waren sie verschlossen. Ihr Blick hatte jedoch etwas Gefährliches, oder bildete er sich das nur ein?

Man merkte den kodexachtenden Kapitänen an, dass sie den

Worten der Feueraugen keinen Glauben schenkten, aber sie hatten kein Recht, sie davon abzuhalten. Schließlich galten die Regeln auf der Hauptinsel für alle, auch für Feueraugen.

Der Trupp der Feueraugen setzte sich in Bewegung und die Menschenmenge teilte sich, um sie vorbeizulassen. Als sie direkt an Arius und Saria vorbeikamen, verstanden sie auch, woher sie ihren Namen hatten, denn jeder von ihnen hatte dunkelrote Augen. In ihren Augen schien regelrecht ein heftiges Feuer zu lodern.

Saria schüttelte sich. „Boa, die sehen echt gruselig aus."

Der Junge musste das wohl gehört haben und drehte sich zu Saria um. Er sah ihr tief in die Augen und auch wenn es so etwas sicher nicht gab, kam es ihr vor, als würden seine Augen sie verbrennen.

Arius stellte sich vor seine Schwester und der Junge ging weiter. „Von denen hältst du dich lieber fern. Die bringen nur Ärger."

Die Vane-Geschwister starrten den Feueraugen noch eine Weile hinterher. Sie fragten sich, ob die Prüfungen noch die größte Herausforderung werden würden. War es wirklich möglich, dass sich die Feueraugen nun an den Kodex hielten?

Invisible Jack kam nun zurück zu den Geschwistern und bedeutete ihnen aufzubrechen.

Sie ging über die Brücken und Stege bis sie an eine große hölzerne Treppe kamen. Die Treppe war so breit, dass problemlos alle Kandidaten nebeneinander aufgereiht stehen konnten. Aber nicht nur die Treppe imponierte Arius, auch die Hallen selbst. Ein kathedralenhohes Gebäude aus geschwärztem Holz. Die Balkone, die links und rechts über ihnen herausragten, hatten die Form von Schiffen. Aus den runden Fenstern im ersten Stock hingen die Flaggen aller Völker und auf dem Giebel des Dachs befand sich eine beeindruckende Galionsfigur. Es war ein Pirat, der Eigenschaften aller Völker in sich zu tragen schien.

Invisible Jack klopfte Arius auf die Schulter: „Shadow, nimm unsere Flagge heraus und trage sie mit Stolz."

Den Geschwistern schlug das Herz bis zum Hals. Teils vor Vorfreude, teils vor Aufregung. Nun endlich war es soweit, ihre Prüfungen begannen.

Entlang der Treppe nahmen die Kandidaten aller Völker ihre Flaggen in die Hand und befestigten sie auf einer langen Stange. Das Banner der Wellenwanderer schmückte eine Welle, das der Aquaticus ein Wal, das Banner der Windisch war mit zwei Flügeln bestickt und das der Feueraugen zeigte eine lodernde Flamme.

Es ertönten drei Salutschüsse, die Piraten mit ihren Musketen von den Balkonen abfeuerten, dann begann der Einzug.

KAPITEL VII

Die Hallen von Calvaria

Als die Geschwister in das Gebäude eintraten, mussten sich ihre Augen erst einen Moment an das schummrige Licht im Inneren gewöhnen. Dann erst konnten sie die erstaunliche Halle in ihrer ganzen Pracht bestaunen. Von innen schien das Gebäude noch größer als von außen. Alles war aus Holz. Formen und Architektur waren dem Rumpf eines Segelschiffs nachempfunden. An den Seiten hingen Bilder von längst vergangen Schlachten und legendären Piraten. Der Saal war von hunderten von Kerzen erleuchtet, die an riesigen Kronleuchtern von der Decke hingen und an denen das Wachs herunterlief. Der Geruch von Kerzen-Paraffin lag schwer in der Luft, aber er wurde vom Duft des Meeres umspielt. Alles wirkte dunkel durch das geschwärzte Holz, aber trotzdem einladend. Nur der Boden hob sich von der Holzkonstruktion ab. Dieser bestand komplett aus Glas. Man sah darunter das Meer und das Riff mit unzähligen Fischen.

„Wow! So etwas Geniales hab ich noch nie gesehen!" Saria schaute sich ehrfürchtig um. Auch Arius war beeindruckt, so ein Gebäude hätte er sich nicht einmal in seinen wildesten Träumen ausdenken können.

Die Kandidaten durchschritten die Halle bis ganz nach vorne, wo vier ältere Piraten, drei Männer und eine Frau, auf einer Kanzel standen. Nach und nach füllte sich die Halle und erst als der letzte Pirat seinen Platz gefunden hatte, ergriff einer der Ältesten das Wort. Er war klein und sah etwas gebrechlich aus. Er trug die Kleidung eines Windisch.

„Willkommen in den Hallen von Calvaria. Es ist mir eine besondere Ehre, die neuen Kandidaten für die Kodex-Prüfung zu begrüßen. Natürlich müsst ihr noch viel lernen, um am Ende rechtmäßige Piraten zu sein."

Dann ergriff der nächste Älteste das Wort, er war in die Gewänder der Trockenländer gekleidet. „Auch dieses Mal wird die Prüfung nicht einfach werden und sie wird euch viel abverlangen. Aber am Ende werdet ihr eure Völker mit Stolz erfüllen."

Nun schritt die Frau im Bunde der Ältesten anmutig einen Schritt nach vorne. Sie trug die schimmernde Kleidung der Aquaticus. „Dieses Jahr ist ein besonderes Jahr. Zu den Völkern der Windisch, Wellenwanderer, Trockenländer und Aquaticus gesellen sich jetzt auch die Feueraugen. Sie haben entschieden, in Zukunft den Kodex zu achten und deshalb auch an den Prüfungen teilzunehmen."

Arius warf einen kurzen Blick zu den Feueraugen-Zwillingen hinüber und konnte sich einfach nicht vorstellen, dass diese mit guter Absicht an den Prüfungen teilnahmen. Sie wirkten verschlossen und misstrauisch. Es schien unmöglich zu sein, hinter ihre Fassade zu blicken.

Der letzte der Ältesten räusperte sich und übernahm die Wortführung. Er gehörte dem Volk der Wellenwanderer an. „Ich stelle euch nun die Kandidaten für die Prüfungen vor. Wenn ihr eure Namen hört, macht einen Schritt nach vorne. Vom Volk der Wellenwanderer: Billy Ocean Drake."

Ein kleiner stämmiger Junge trat nach vorne. Er hatte dunkelbraune, kurz geschorene Haare und trug einen blauen Regenmantel über seiner unscheinbaren Kleidung. Sobald er vorne stand, hallten die Rufe der Wellenwanderer durch den Raum: „Aqua in sanguine“ (Wasser im Blut).

Dann fuhr der Älteste fort und nun waren die Geschwister an der Reihe: „Aus dem Volk der Trockenländer: Arius Shadow und Saria Curly Vane!“

Mit klopfenden Herzen machten sie einen Schritt vorwärts und ihr Volk rief ihnen „Ad solem!“ zu.

Es war ein berauschendes Gefühl. Voller Stolz kehrten sie an ihren Platz zurück und der Älteste fuhr fort.

„Aus dem Volk der Windisch: Kalaico Feather Kane.“

Der Junge, den die Geschwister zusammen mit Iron Wing gesehen hatten, kam nach vorne und es ertönte der Ruf der Windisch: „Aperi alas“ (Öffnet die Schwingen).

Als Nächstes waren die Aquaticus an der Reihe. Während das Mädchen, in das Arius auf dem Markt reingerannt war, nach vorne trat, rief ihr Volk: „Profundum in mare“ (Hinab in die Tiefen), ihr Name war: Meriel Tail Read.

Von einem Moment auf den nächsten wurde es totenstill in der Halle, denn es fehlten nur noch die Feueraugen.

„Aus dem Volke der Feueraugen: Damon Darksoul und Kiera Fireeye Teach.“

Die Zwillinge stürmten selbstbewusst nach vorne und der Ruf der Feueraugen donnerte durch die Halle: „Illuminet flamma“ (Flamme erleuchte).

Nach ein paar abschließenden Worten war die Eröffnungszeremonie vorbei. Die Piraten verließen die Halle und kehrten zum Hafen zurück. Invisible Jack verabschiedete sich noch von den Geschwistern, bevor auch er sich auf den Weg zur *Terrana* machte. „Macht es gut, ihr beiden. Ich weiß, dass ihr uns alle Ehre machen werdet. Aber gebt gut acht, auch wenn das hier ein Ort des Friedens ist, traue ich den Feueraugen nicht über den Weg. Bleibt immer wachsam, dann seid ihr auf der sicheren Seite." Mit diesen Worten verließ nun auch ihr Onkel die Hallen und die Kandidaten gingen nach oben in ihre Unterkünfte.

Es gab einen großen Raum, der wohl als eine Art neutraler Treffpunkt für alle Völker gedacht war, und je ein Zimmer für jedes Volk.

Saria und Arius brachten ihre Habseligkeiten aufs Zimmer und richteten sich ein. Wie auch der Rest des Gebäudes, glich ihr Zimmer einer Kajüte und erinnerte so an ein Schiff. Statt Betten hatten sie Hängematten. Sie konnten sogar einen leichten Wellengang spüren, da das Gebäude nur eine schwimmende Plattform war.

Die Geschwister waren ungewohnt still, als sie in ihren Hängematten lagen. Jeder für sich ließ die Ereignisse des Tages Revue passieren. Da fiel Arius das Armband ein, das er auf dem Markt gekauft hatte. „Schwesterchen, ich hab noch was für dich." Er gab Saria das Armband.

„Das ist ja schön! Danke, Arius. Das werde ich immer in Ehren halten."

Glücklich und erschöpft schliefen die beiden ein. Der neue Tag würde bestimmt aufregend werden.

KAPITEL VIII

Feather und Tail

Früh morgens wachte Arius auf, da er Stimmen hörte. Es waren nur Bruchstücke einer Unterhaltung, deshalb konnte er nicht verstehen, was gesprochen wurde. „Ah! Können die nicht leise sein?"

Saria wachte auf. „Was ist denn? Warum brüllst du um diese Zeit rum wie ein wild gewordener Klabauter?"

„Weil diese Stimmen so laut sind. So kann man ja nicht schlafen." Arius lehnte sich aus dem Fenster um nachzusehen, ob darunter jemand stand und sich unterhielt. Aber da war niemand.

Saria schaute ihren Bruder verständnislos an. „Welche Stimmen? Träumst du noch oder fängst du jetzt an zu spinnen? Hier ist es mucksmäuschenstill. Bis auf dein Gebrüll natürlich."

Arius versuchte sich zu konzentrieren und stellte fest, dass Saria recht hatte – die Stimmen waren verschwunden. Vielleicht hatte er wirklich geträumt.

Die Geschwister zogen sich an und gingen in den Gemeinschaftsraum, um zu frühstücken. Zwei der anderen Kandidaten waren bereits dort.

„Guten Morgen, Trockenländer! Ich bin Feather Kane, wie steht's?" Der Windisch Junge begrüßte sie lässig und winkte sie zu ihrem Tisch.

Dort saß bereits das Aquaticus-Mädchen welches Arius breit angrinste. „Na du Stürmischer, heute mal nicht in Gedanken versunken?"

Arius schaute verlegen drein. „Ich bin übrigens Meriel Tail Read. Nennt mich einfach Tail."

Saria streckte ihr die Hand entgegen. „Ich bin Curly Vane und das ist mein Bruder Shadow."

Die vier unterhielten sich, während sie Fischbrötchen und Aalpastete verdrückten. Das Essen schmeckte lecker, aber nur halb so gut wie Mutters Waffeln.

Fast unbemerkt kam der kleine stämmige Junge, den sie gestern mit Billy Ocean Drake vorgestellt hatten, in den Raum. Er setzte sich an einen Tisch im Eck und begann zu essen.

„He, Wellenwanderer! Willst du da ganz alleine sitzen oder kommst du zu uns?" Saria winkte Ocean zu. Er zuckte nur mit den Schultern und setzte sich an ihren Tisch. Er schien nicht gerade ein gesprächiger Geselle zu sein, deshalb ließen ihn die anderen in Ruhe.

Als sie fast mit frühstücken fertig waren, kamen die Feueraugen-Zwillinge in den Raum. Alle verstummten und starrten sie an. Instinktiv hielt Saria die Luft an.

„Guten Morgen, Kollegen. Ich hoffe, ihr habt gut geschlafen." Damon Darksoul Teach begrüßte sie gespielt freundlich, aber seine Augen waren trotz der roten Farbe kalt wie Eis. Seine Schwester Kiera Fireeye grüßte ebenfalls, aber auch bei ihren Worten fröstelte es die anderen.

Die Zwillinge setzten sich an den freien Tisch und begannen zu frühstücken.

Da die anderen bereits fertig waren, verließen sie den Gemeinschaftsraum und gingen in die Halle, um auf ihre erste Prüfungsvorbereitungsstunde zu warten.

Einer der Ältesten, der Windisch, bereitete bereits Papier, Bücher und andere Unterlagen vor. Feather schaute gelangweilt zu den Büchern hin. „Ich hoffe, das wird nicht so ein trockener Unterricht wie in der Schule, das würde ich nicht überleben."

„Ihr habt eine Schule?", fragte Saria interessiert.

„Wir wurden von unserer Mutter unterrichtet. War aber auch nicht gerade spannend," erwiderte Feather.

„Wir haben keine Schule, aber wir sind meist eine kleine Gruppe, die zusammen lernt. Ist manchmal gar nicht so übel", erzählte Tail. „Und wie ist das bei euch, Ocean? Habt ihr auch eine Schule?"

Alle drehten sich in Richtung Wellenwanderer, dieser schüttelte nur den Kopf. Auch diesmal schien er keine große Lust auf Unterhaltungen zu haben.

„So, da wir nun alle anwesend sind, können wir anfangen." Der Älteste trat nach vorne und Arius schaute sich um. Tatsächlich standen die Feueraugen direkt hinter ihnen, ohne, dass sie es bemerkt hatten.

„Mein Name ist Kian der Älteste. Meinen Beinamen habe ich abgelegt als ich zum Ältesten wurde. Deshalb dürft ihr mich Kian nennen. Wir werden heute alle Paragrafen des Kodex kennenlernen und mit der Theorie des ersten beginnen. In mehreren praktischen Prüfungen werdet ihr anschließend beweisen müssen, dass ihr das Erlernte verstanden habt."

Feather verdrehte die Augen und Saria musste kichern.

Der Älteste fuhr fort: „Grob kann man den Kodex in vier Bereiche einteilen. Erstens: *Einzuhaltende Disziplin.* Zweitens: *feindliche Angriffe und das Recht auf Aussprache.* Drittens: *Einsatz von besonderen Fähigkeiten* und viertens: *Verteilung der Beute und Entschädigung.*“

„Das klingt aber ganz schön trocken.“ Saria hatte sich das alles etwas anders vorgestellt. Arius aber musste bei einem Punkt nachhaken. „Kian, was meint Ihr mit ‚Entschädigung‘?“

„Gut aufgepasst, junger Trockenländer. Die Entschädigung tritt in Form von erhöhter Bezahlung ein, zum Beispiel bei Verlust eines der Gliedmaßen.“

Tail stockte. „Verlust von Gliedmaßen?“

„Ja, ihr wisst schon, Arm, Fuß und so weiter.“

Der Älteste sagte das so trocken, als wäre es das normalste der Welt. Die Kandidaten allerdings mussten schwer schlucken.

„Ist es jetzt doch nicht so langweilig?“, fragte Arius seine Schwester, die nun etwas kleinlauter geworden war.

Der Älteste überreichte jedem der Kandidaten ein Buch. Darauf stand in großen goldenen Lettern: „Piratenkodex von Calvaria – einmal geschworen, niemals gebrochen.“

Den Rest des Tages verbrachten die Kandidaten mit dem Studium des ersten Kapitels: *Einzuhaltende Disziplin.* Ein Kapitel, das den Piraten so gar nicht lag. Aber selbst auf einem Piratenschiff gab es Regeln, die es zu befolgen galt. So verbrachten die angehenden Piraten den ganzen Tag mit viel zu viel lesen und zuhören.

Am Abend saßen sie alle müde und ausgelaugt im Gemeinschaftsraum beim Essen.

Feather biss genüsslich in ein Brötchen und sprach etwas undeutlich mit vollem Mund: „Alfo, jetzt haben wir einen ganzen Tag lang daf dicke Buch gewälzt um zu lernen, dass der Kapitän der Boss ist und man nie unaufgefordert seine Posten verlassen soll."

Saria schüttelte den Kopf. „Na, das ist vielleicht doch etwas grob zusammengefasst, aber ich hoffe, dass wir morgen echt etwas mehr Action kriegen."

Tail stimmte ihr zu. „Ja, das wäre gut. Wobei ich mir nicht vorstellen kann, was bei einer Prüfung in Disziplin arg Abenteuerliches passieren könnte."

Da musste ihr Saria recht geben.

Arius folgte zwar dem Gespräch, wurde aber immer wieder von Gesprächsfetzen der Feueraugen-Zwillinge abgelenkt. Wenn er nur besser verstehen könnte, was sie so Geheimnisvolles zu bereden hatten. Und wenn sie wirklich in Betracht zogen, den Kodex zu befolgen, warum sonderten sie sich dann so von ihnen ab?

KAPITEL IX

Die ganz und gar nicht langweilige Disziplin

Zur ersten Prüfung fanden sich die Kandidaten am Hafen ein. Dort wartete bereits der Wellenwanderer-Älteste auf sie.

„Heute werdet ihr das, was ihr gestern in der Theorie erlernt habt, in die Praxis umsetzen. Das Thema heute lautet also: *Disziplin*."

Saria stieß Tail mit dem Ellenbogen an und täuschte ein Gähnen vor.

Der Älteste, der den Namen Ing trug, führte sie auf ein kleines Segelschiff, das im Hafen vor Anker lag. „Ihr bekommt nun alle eine Aufgabe zugeteilt, die ihr laut Kodex diszipliniert ausführen müsst. Solltet ihr scheitern, gibt es Punktabzug für das Prüfungsergebnis."

Der Älteste schaute sich alle Kandidaten genau an, dann verteilte er die Aufgaben. „Ocean, du bist ab jetzt der Kapitän und somit hast du das Kommando. Shadow, du bist erster Unteroffizier und kümmerst dich um das Steuerrad. Darksoul, Fireeye, ihr beide bedient die Segel. Tail und Feather, ihr seid für die Geschosse verantwortlich und Curly, ab mit dir in den Ausguck."

Die Kandidaten gingen an Bord. Der Älteste aber bestieg ein Boot, das direkt daneben vor Anker lag, wohl wissend, was den Prüflingen bevorstand.

„Ihr fahrt jetzt hinaus aufs Meer, bis ihr nordöstlich von hier zu einer kleinen Felsformation kommt. Dort verweilt ihr für einige Zeit und kehrt dann in den Hafen zurück. Vollständig wenn möglich. Wir werden euch in einiger Distanz folgen und können so kontrollieren, ob ihr euch auch an die Regeln haltet."

„Das kann ja nicht so schwer werden", dachte sich Saria und kletterte in den Ausguck. Auch die anderen schienen frohen Mutes, bis auf die Feueraugen natürlich, die waren bestimmt niemals gut gelaunt.

Diszipliniert segelten die Kandidaten hinaus aufs Wasser. Das Meer war ruhig und es blies genau der richtige Wind, um gemütlich dahinzusegeln.

Arius stand am Steuerrad und Kapitän Ocean direkt neben ihm. Bis zu diesem Zeitpunkt hatte er noch nichts gesagt, was für einen Kapitän nicht gerade hilfreich war.

„Ocean, du musst uns Anweisungen geben. Sonst wird das nichts mit deiner Prüfung und auch nichts mit unserer. Die Rangordnung auf dem Schiff ist klar definiert, und wenn du uns nicht anleitest, dann haben wir ein Problem!"

Ocean zuckte bloß mit den Schultern und blickte ins Leere.

Langsam näherten sie sich dem vorgegebenen Ort. „Steinformation voraus!", meldete Saria aus dem Ausguck. Nun wäre es an der Zeit gewesen, dass Ocean die passenden Befehle gab, damit das Schiff langsamer werden und schließlich heil zwischen den Felsen zum Stehen kommen würde. Doch er blieb stumm.

Die übrigen Kandidaten wussten sehr wohl, was sie hätten tun müssen, nur gab der Kodex vor, dass nur auf Befehl gehandelt werden durfte.

„Ocean!“, wisperte Arius in die Richtung des Kapitäns, „die Befehle! Wenn du nichts sagst, zerschellen wir an den Felsen!“

Ocean aber blieb stumm.

Die Crew wurde immer nervöser und die Felsen kamen immer näher. Was hatte dieser Junge bloß für ein Problem?

Arius wusste, wenn sie jetzt nicht reagierten, würde es zu spät sein. Er blickte sich um. Das Schiff des Ältesten war in Sicht- und Hörweite. Er musste sich etwas einfallen lassen, damit sie alle die Prüfung bestehen konnten.

Er beugte sich zu Ocean, sodass es aussah, als würden sie etwas bereden, dann rief er: „Piraten! Der Kapitän befiehlt, die Segel einzuholen und langsamer zu werden. Wir gehen zwischen den Felsen vor Anker.“

Sofort führte die Crew die notwendigen Manöver aus. Das kleine Segelschiff wurde langsamer und blieb letztlich zwischen den Felsen stehen.

Als Arius tief durchgeatmet hatte, drehte er sich zu seinem Kapitän und flüsterte ihm zu: „Das hätte böse ausgehen können! Warum erteilst du keine Befehle?“

Ocean wich verlegen seinen Blicken aus.

„Wie lange sollen wir hier eigentlich herumstehen?“, fragte Tail gelangweilt. Auch Arius wusste es nicht. Es hatte geheißen „einige Zeit“. Er wollte schon Ocean fragen, ob er nicht das Kommando zum Ablegen geben möchte, als plötzlich das Meer rund um das Schiff unruhig wurde.

„Was ist da los?“, rief Arius zu seiner Schwester in den Ausguck.

„Ich weiß es nicht. Aber es muss etwas direkt unter unserem Schiff sein, denn das übrige Meer ist nach wie vor ruhig.“

Das waren keine guten Nachrichten. Dies bedeutete Gefahr, das war allen Kandidaten klar.

„Ocean, wir müssen hier weg!“ Arius versuchte wieder, seinen Kapitän zum Reden zu bringen. Aber immer noch sagte dieser kein Wort.

Das Meer wurde immer unruhiger und Wellen schwappten über die Reling. Der Gestank von totem Fisch lag in der Luft und selbst die Möwen die über ihnen gekreist waren, flogen davon.

Arius wusste, er konnte nicht mehr länger warten, denn hier schien etwas Beängstigendes vor sich zu gehen. „Der Kapitän befielt: Anker einholen! Und nichts wie weg hier!“ Er blickte kurz zu Ocean hinüber, der dankbar zu nicken schien. Was stimmte bloß nicht mit diesem Jungen?

„Da ist etwas direkt unter dem Schiff!“ Saria brüllte gegen das Toben des Wassers an. Arius versuchte das Steuerrad gerade zu halten, aber durch das ständige Ruckeln war es kaum möglich. Tail beugte sich über die Reling und versuchte, etwas im Wasser auszumachen, als plötzlich ein riesiges Maul aus den Tiefen emporschoss.

„Es ist ein Megalodon!“, kreischte Tail.

„Ein was?“, riefen die Feueraugen-Zwillinge wie aus einem Mund.

„Ein Megalodon! Ein Riesenhai!“

Arius stutzte. „Ich dachte, die gibt es gar nicht wirklich.“

Tail drehte sich zu den anderen um. „Glaubt mir, der da unten ist echt und er ist richtig schlecht gelaunt. Und Shadow, da unten gibt es noch ganz andere Kreaturen, glaub mir.“

Plötzlich schoss der Megalodon Backbord aus dem Wasser. Erst jetzt bemerkten die Kandidaten, dass der Hai komplett aus Wasser zu bestehen schien – was ihn aber nicht weniger gefährlich machte. Denn auch wenn er aus Wasser bestand, so wirkte sein mit messerscharfen Zähnen besetztes Maul keineswegs weniger erschreckend. Nur um ein Haar verfehlte sein Riesenmaul das Hauptsegel.

„Ocean, wir brauchen deine Befehle. Schnell!“ Arius blickte fordernd zu seinem Kapitän. Man merkte, dass ihm die Situation keinesfalls egal war, aber irgendwas schien ihn davon abzuhalten zu handeln.

Arius wurde wütend: „Jetzt mach doch schon! Sonst gehen wir alle drauf!“

Aber statt zu antworten, lief Ocean unter Deck. Was sollte Arius jetzt tun? Sollte er seine Prüfung riskieren und einfach den Kodex außer Acht lassen? Die Regeln besagen, dass es keinem anderen zustand, einen Befehl zu erteilen, außer dem Kapitän. Ausgenommen dieser war nicht mehr in der Lage dazu.

Arius sah zu dem Boot mit dem Ältesten hin. Würden sie die Kandidaten hier einfach sterben lassen, oder würden sie ihnen zu Hilfe kommen? Im Moment sah es nicht danach aus.

Saria klammerte sich an den Mast. „Arius, was sollen wir machen? Er greift uns bestimmt gleich ein zweites Mal an!“

Auch die anderen warteten

darauf, dass endlich jemand etwas sagte. Es würde nichts nützen, wenn er alle retten wollte, musste er jetzt seine Prüfung verhauen und damit riskieren, nie ein rechtmäßiger Pirat zu werden.

Gerade wollte Arius die ersten Anweisungen brüllen, als Ocean mit einem Zettel in der Hand aus der Kabine zurückkam. Er hielt ihn Arius mit drängendem Blick hin.

Arius überließ dem Kapitän das Ruder und las den Zettel. Darauf standen die Anweisungen für die Crew. Arius verstand zwar nicht, warum Ocean ihm die Anweisung schriftlich überreichte, aber natürlich gab er sie der Crew genau so weiter.

„Befehle des Kapitäns: Tail, Feather, Kanonen bereit machen. Curly, halte Ausschau und teile die genaue Position des Monsters mit. Darksoul und Fireye, Beisegel setzen. Shadow, halte das Schiff im Wind."

Dann wurde das Wasser wieder unruhig. Saria konnte den Megalodon ausmachen. „Kapitän, er kommt direkt auf uns zu, dieses Mal Steuerbord!"

Tail brachte sich und die Kanone in Position. Arius blickte zu Ocean der mit der Hand signalisierte, dass sie noch warten sollten. Dann schoss der Hai mit seinem gigantischen, mit spitzen Zähnen besetzten Maul aus dem Wasser. Ocean riss seinen Arm hoch und bedeutete Tail und Feather zu schießen.

Ein lauter Knall ertönte und die Kanonenkugel traf das Untier in den Bauch. Da der Riesenhai aber komplett aus Wasser bestand, teilte sich sein Körper nur, als die Kugel ihn durchdrang, und schloss sich anschließend wieder.

Saria schaute sich um. „Das wird nicht viel geholfen haben, wir müssen hier weg."

Das Meer schien sich etwas zu beruhigen. Zur Sicherheit steckte Tail ihren Kopf unter Wasser, um sich umzusehen, in dem Moment verlor sie das Gleichgewicht, stolperte über ein Tau und fiel schließlich ins Wasser. „Frau über Bord!“, schrie Saria aufgeregt.

Feather überließ Ocean die Kanonen. Er drückte einen Knopf auf seiner Brust. Mit einem metallischen Klackern entfalteten sich zwei große silberne Schwingen auf seinem Rücken. Schnell schoss er in die Luft und tauchte wie ein Raubvogel auf Beutejagd in das Meer ein.

Eine gefühlte Ewigkeit war niemand zu sehen. Tail war jetzt schon ziemlich lange unter Wasser, so etwas überstanden nur die wenigsten.

Plötzlich schoss Feather mit Tail in den Armen aus dem Wasser und brachte sie zurück an Bord.

Alle schienen besorgt und Arius wollte schon zu Tail hinlaufen, als diese plötzlich aufstand als wäre nichts gewesen. „Was guckt ihr denn so doof aus der Wäsche? Wisst ihr denn nicht, dass wir Aquaticus unter Wasser atmen können?“ Frech grinste sie in die Runde.

Saria prustete los. „Also dann sind wir aber froh, dass es ausgerechnet dich erwischt hat!“ Da lachten alle anderen auch, alle außer den Feueraugen natürlich.

Schnell machte sich die Crew daran, von diesem beängstigenden Ort fortzukommen, denn im Hafen würden sie vor der gigantischen Bestie bestimmt sicher sein. Arius aber hatte das seltsame Gefühl, dass dieses Tau nicht von alleine vor Tails Füße gelangt war. Auch als sie unbeschadet wieder an Bord gewesen war, kam es ihm vor, dass nicht alle damit zufrieden gewesen waren. Aber Arius konnte sich das alles auch nur einbilden.

Als sie mit dem Schiff im Hafen anlegten, fühlten sie sich aufgekratzt und verschreckt zugleich, aber sie waren auch stolz, die Prüfung gemeistert zu haben.

An Land wartete bereits Ing der Älteste auf die Kandidaten. „Ich darf euch gratulieren. Ihr habt alle die Regeln des Kodex eingehalten und deshalb die Prüfung bestanden. So habt ihr euch qualifiziert, nun zum zweiten Punkt voranzuschreiten: *Feindliche Angriffe und das Recht auf Aussprache.*"

Saria sah Arius mit großen Augen an. Wie würde wohl die Prüfung in dieser Kategorie aussehen, wenn schon die Prüfung in Disziplin einem feindlichen Angriff geglichen hatte?

„Besonders möchte ich lobend erwähnen", fuhr Ing fort, „dass ihr das Problem der Stummheit eures Kapitäns hervorragend gelöst habt. Gut gemacht."

Alle starrten Ocean an. Er war also nicht einfach nur ein ruhiger Geselle, er konnte nicht sprechen! Dies erklärte einiges. Arius fühlte sich schuldig, da er auf dem Meer so wütend geworden war. Aber schließlich hatte er es ja auch nicht besser gewusst.

Am Abend saßen die Kandidaten bei einem festlichen Schmaus zusammen. Sie feierten das Bestehen der ersten Prüfung. Es gab reichlich Fisch, aber auch Schweinsbraten und natürlich Kartoffeln. Zum ersten Mal fühlten sich Arius und Saria richtig heimelig.

„Also, Tail, du hättest uns echt erzählen können, dass du unter Wasser atmen kannst, dann hätten wir uns nicht solche Sorgen gemacht." Arius nahm sich noch eine Portion Calamari.

Tail grinste. „Du hast dir also Sorgen gemacht?"

Arius wurde ein wenig rot.

„Ich habe gedacht, das wäre allgemein bekannt, dass Aquaticus unter Wasser atmen können. Wir können auch echt gut schwimmen, das heißt, dieses Biest hätte keine Chance gehabt, mich zu erwischen."

„Da wär ich mir nicht sicher gewesen. Das war echt ein Riesenteil." Saria blickte mit großen Augen in die Runde. „Aber sagt mal, habt ihr auch besondere Eigenschaften?"

„Meine Flügel habt ihr ja gesehen", antwortete Feather, „zudem haben wir an Bord der *Liberty* noch verschiedenste Maschinen, mit denen wir den Wind beeinflussen können. Und du Ocean? Wie sieht es bei den Wellenwanderern aus?"

Ocean, der nun immer Papier und Stift griffbereit hatte, fing an etwas aufzuschreiben. Es dauert etwas länger, dann reichte er den Zettel Saria, die vorlas: „Die Wellenwanderer waren von je her die Herren über das Meer. Zumindest über die Oberfläche. Sie können das Wasser beschwören. Früher hatten sie diese Eigenschaften nicht. Man erzählt sich, dass der erste Kapitän der Wellenwanderer einen Kompass besessen hätte, der für ihn die Gezeiten beeinflussen konnte. Woher er ihn hatte, weiß man nicht, aber mit diesem Kompass war es ihm möglich gewesen, Ebbe und Flut umzukehren. Dieser Kompass ist aber verloren gegangen und da sind die Wellenwanderer einen Pakt mit der Meereshexe eingegangen. Seitdem können die Wellenwanderer zwar nicht mehr die Gezeiten verdrehen, aber dafür das Wasser beschwören."

Tail staunte. „Für einen, der nicht spricht, hast du ganz schön viel zu sagen. Wie schaut es eigentlich bei euch aus, Trockenländer?"

Saria wollte schon erzählen, Arius aber hielt sie zurück. Alle anderen folgten seinem Blick und bemerkten, dass die Feueraugen-Zwillinge sie angestrengt belauschten.

„Vielleicht erzählen wir nicht gerade heute alles, manchmal ist es besser, ein, zwei Geheimnisse zu bewahren."

Die anderen nickten einverstanden. Nun sprachen sie nur noch von belanglosen Dingen wie Essen, Unterkunft und Wetter.

Spät gingen sie alle in ihre Betten. Arius dachte über den Tag nach. Dabei wollte ihm eine Sache nicht aus dem Kopf gehen: War die Gefahr der Prüfungen größer, oder die der Anwesenheit der Feueraugen?

KAPITEL X

Innerer Kreis

Die theoretische Vorbereitung auf Punkt zwei des Kodex: *Feindliche Angriffe und das Recht auf Aussprache* war eigentlich recht simpel. Bei feindlichen Angriffen verhielt es sich so, dass man die Disziplin von Lektion eins einhalten musste und die gehissten Flaggen zu respektieren hatte. Das hieß, ein Schiff, das unter der Friedensflagge von Calvaria unterwegs war, durfte nicht angegriffen werden, andersherum durfte aber ein Schiff nur unter dieser Flagge segeln, wenn es auf dem Weg nach Calvaria war. Bei allen anderen Fahrten war es nicht erlaubt, diese Fahne zu hissen. Ein weiterer Punkt war das Beschützen der eigenen Stammesflagge. Auf jedem Schiff gab es eine Stammesflagge. Wurde diese von einem Angreifer entwendet, galten die Bestohlenen als besiegt und mussten sich sofort ergeben, um die Flagge nicht endgültig zu verlieren. Der zweite Punkt des zweiten Kodex-Paragrafen beschrieb das Recht auf Aussprache, es wurde auch „Parley"-Recht genannt. Wurde man bei einem feindlichen Angriff gefangen genommen, konnte man auf dieses Recht bestehen. Laut Kodex hatte man die Möglichkeit, mit dem feindlichen Kapitän zu sprechen und so vielleicht glimpflich davonzukommen.

Auch, wenn das Thema an sich nicht schwierig war, so waren die

Kandidaten sichtlich müde von der vielen Büffelei. Deshalb beschlossen Arius und Saria einen Ausflug an den Hafen und auf den Markt zu unternehmen.

„Hach, das tut gut!“ Saria, atmete tief durch und streckte sich. Das lange Sitzen in einer ruhigen Halle war sie nicht gewohnt. Das geschäftige Treiben eines Marktes war ihr da schon lieber. Auch Arius war froh, endlich von den Büchern loszukommen.

Sie schlenderten gemütlich am Hafen entlang und beobachteten die anlegenden Schiffe. Wie bereits bei ihrer Ankunft herrschte reges Treiben und deshalb grenzte es fast an ein Wunder, dass Arius etwas Bestimmtes auffiel.

„Schau mal, Saria, dort drüben. Sind das nicht Darksoul und Fireeye?“

Tatsächlich schlichen gerade die zwei Feueraugen-Zwillinge in Richtung einer zwielichtigen Gasse.

„Lass uns ihnen folgen. Die haben doch sicher nichts Gutes im Sinn.“ Arius nahm Saria bei der Hand und zog sie in Richtung Zwillinge.

Jetzt machte es sich bezahlt, dass sie am Vorabend nicht zu viel über ihre Fähigkeiten erzählt hatten. Unbemerkt, in einem dunkeln Hauseingang, konzentrierten sich die zwei und ließen ihre Umrisse verschwinden. Diesmal schien es schon bedeutend besser zu funktionieren als zuletzt bei dem Angriff auf die *Terrana*.

Fast lautlos und unsichtbar folgten sie den Zwillingen in die dunkle Gasse. Die Hausfassaden links und rechts von ihnen wirkten heruntergekommen und es brannte kein Licht. Vor einem besonders düsteren Haus blieben die Feueraugen stehen. Sie sahen sich um, und als sie sich unbeobachtet fühlten, schlüpften sie hinein.

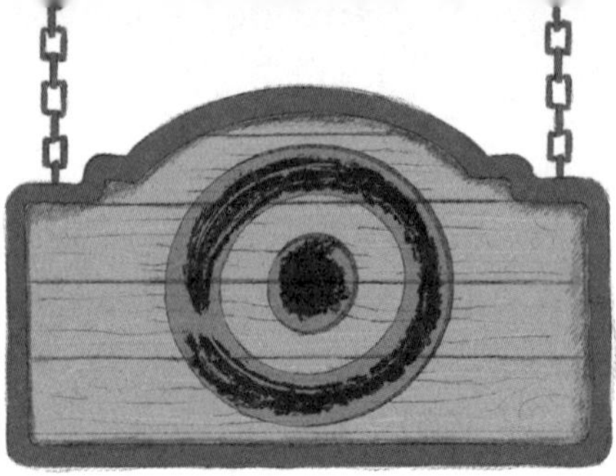

Von außen konnte man nicht viel erkennen, der einzige Hinweis war ein kleines Schild oberhalb der Tür, darauf war ein Kreis mit einem Punkt in der Mitte zu erkennen.

„Na super, das hilft uns ja richtig weiter", flüsterte Saria ihrem Bruder zu.

„Was glaubst du denn? Dass sie auf die Tür schreiben, was sie da drinnen treiben?"

Arius wollte unbedingt wissen, was da drinnen vor sich ging, aber zugleich wollte er auf keinen Fall erwischt werden. Während die Trockenländer noch immer überlegten, wie sie am besten unbemerkt ins Haus kommen konnten, schwang auch schon die Tür auf. Die Zwillinge traten heraus, während Fireeye gerade etwas in ihre Tasche steckte. Arius hatte nicht erkennen können, um was es sich dabei handelte. Noch bevor die Eingangstür ins Schloss fiel, warf er einen Blick nach drinnen. Zu seiner Überraschung stand dort ein alter Mann, ganz in Silber gekleidet, sein Mantel trug das Wappen der Windisch. Er hatte die Hand zum Gruß erhoben und rief: „Treue dem *Inneren Kreis*!"

Die Trockenländer gingen rasch weiter, denn irgendwie ahnten sie, dass die Feueraugen sich beobachtet fühlten. Als die Zwillinge außer Hör- und Sehweite waren, hoben die beiden Geschwister ihre Unsichtbarkeit auf.

„Hast du das gesehen?“ Arius war beunruhigt. „Was haben die beiden wohl von diesem Windisch geholt? Und warum arbeitet ein Windisch mit Feueraugen zusammen? Wir müssen bei der nächsten Aufgabe unbedingt vorsichtig sein. Ich glaube, die beiden führen etwas im Schilde!“

Gedankenversunken kehrten die Geschwister zurück in die Hallen von Calvaria. Arius wusste bereits jetzt, das würde eine unruhige Nacht werden, denn der Gedanke an die Feueraugen wollte ihn nicht loslassen. Was hatten sie wohl geholt? Und was hatte es mit dem „*Inneren Kreis*“ auf sich?

KAPITEL XI

Feindlicher Angriff

Trotz der vielen Gedanken, die Arius durch den Kopf geisterten, hatte er doch noch Schlaf gefunden, wenn auch einen unruhigen. Deshalb konnte er das Geräusch, welches ihn aus den Träumen gerissen hatte, auch nicht gleich einordnen. Saria war bereits auf den Füßen. „Kanonenschüsse!" Sie rannte zum Fenster. „Der Hafen, er wird angegriffen!"

In diesem Moment ertönte eine Schiffsglocke und rief seine Besatzung zu sich, um den heimatlichen Hafen zu verteidigen. Saria und Arius schauten sich entgeistert an. Wer war so dreist, einen friedlichen Ort wie Calvaria anzugreifen?

In diesem Moment flog ihre Zimmertür auf und Feather stürmte herein. „Habt ihr die Glocke nicht gehört? Wir müssen zum Schiff!"

Arius begriff nicht. „Wie, wir müssen zum Schiff? Wir sind doch noch gar keine Piraten?" Saria war schon dabei sich anzuziehen und schaute mit verdrehten Augen zu ihrem Bruder. „Na, genau deshalb, Schlauberger! Glaubst du nicht auch, dass dies vielleicht die nächste Prüfung sein könnte?"

Da dämmerte es Arius. Die zweite Prüfung: *Feindlicher Angriff und das Aussprachерecht.*

In Windeseile zogen sich die Kandidaten an und rannten zum

Hafen. Ein großer, prunkvoller Segler, der alle fünf Flaggen von Calvaria trug, wartete auf sie. Schnell gingen sie an Bord. An Deck wartete bereits der Trockenländer-Älteste auf sie. Er hieß Godric und schien der Situation recht gelassen gegenüberzustehen. „Hallo, liebe Kandidaten. Wie ihr seht, stehen wir unter feindlichem Beschuss. Das gegnerische Schiff ist bereits im Hafenbecken, dies bedarf schneller Handlung. Bitte vergesst trotz der Aufregung nicht den Kodex. Wir sehen uns am Ende, oder auch nicht."

Tail schüttelte verständnislos den Kopf, während eine Kanonenkugel nur knapp ihr Schiff verfehlte. „Ihr könnt doch nicht ernsthaft Calvaria angreifen lassen, nur wegen eines Tests?"

„Na ja, irgendwie muss man die Prüfung doch durchführen und schließlich sind wir ja Piraten. Da muss man mit Schäden und Blessuren rechnen. Also, an die Arbeit!" Mit diesen Worten begab sich der Älteste an einen für ihn sicher wirkenden Platz und nahm Papier und Stift für seine Notizen zur Hand.

Arius schaute ungläubig zu ihm hinüber. „Die Ruhe möchte ich haben! Wie wollen wir jetzt vorgehen?"

„Ich würde sagen, Ocean ist immer noch Kapitän und deshalb muss er entscheiden." Feather sah Ocean auffordernd an. Während dieser noch überlegte, streifte eine Kanonenkugel den Hauptmast und schlug nur wenige Zentimeter neben dem Ältesten ein. Das Geräusch von zerberstendem Holz ließ die Kandidaten zusammenzucken.

Godric hingegen schien wenig beeindruckt. Er machte sich bloß ein paar Notizen, nachdem er sich die Holzsplitter von der Schulter gewischt hatte.

Ocean schrieb nun eilig etwas auf einen Zettel und hielt ihn

Arius unter die Nase. „Der Kapitän befielt: Saria in den Ausguck. Alle anderen an die Kanonen."

Sofort führten die Kandidaten die Befehle aus.

„Gegnerisches Schiff in Schussweite!", schrie Saria aus dem Ausguck.

Auf ein Handzeichen von Ocean feuerten die Kandidaten die Kanonen ab. Nur eine gelangte ans Ziel, doch leider richtete sie keinen bedeutenden Schaden an.

Saria gab Alarm: „Achtung, sie kommen immer näher!" Ihr Herz klopfte immer schneller. Nun stand ihr also die erste Piratenschlacht bevor. Erneut wurde das Schiff von einer Kanonenkugel getroffen. Holz splitterte und die Kandidaten flogen wie Mehlsäcke durch die Gegend. Zum Glück wurde niemand ernsthaft verletzt.

So schnell als möglich luden sie die Kanonen nach und mit dem nächsten Handzeichen des Kapitäns feuerten sie los. Diesmal trafen zwei Kugeln. Der Schaden hielt sich aber immer noch in Grenzen.

„Sie sind jetzt ganz nah!", brüllte Saria. „Gleich werden sie uns entern!"

Arius spürte das Adrenalin in seinen Adern, dies war also das Leben eines Piraten.

Ocean reichte ihm einen Zettel mit den neuen Anweisungen. „Alle Mann an die Waffen! Wir werden geentert."

In diesen Moment stürmten ein Dutzend Piraten auf das Schiff. Sie trugen Säbel und Schwerter und brüllten fürchterlich. Für kurze Zeit waren die Kandidaten wie gelähmt, aber dann besannen sie sich und versuchten, sich und Calvaria mit ihren Schwertern zu verteidigen. Bald war aber klar, sie waren einfach zu wenige, und der Feind zu stark.

Saria, die aus dem Ausguck gekommen war, um zu kämpfen, wurde als erste gefangen genommen. Feather öffnete seine Flügel und wollte losfliegen, aber einer der Piraten fing ihn mit einem Seil ein. Arius und Tail stellten sich vor Ocean, denn der Kodex verlangte es, den Kapitän zu schützen.

Sechs Piraten umzingelten Ocean, Tail und Arius und zogen den Kreis immer enger. Dies allein war bereits eine aussichtslose Situation, da bemerkte Arius, dass einer der feindlichen Piraten dabei war, die Flaggen zu stehlen.

„Darksoul, Fireeye, die Flaggen!“ Die Feueraugen-Zwillinge standen etwas abseits und Arius war klar, dass sie es niemals rechtzeitig zu den Flaggen schaffen würden. Das war es jetzt also, sie hatten die zweite Prüfung gründlich vermasselt. Denn sollten die Angreifer die Flaggen erbeuten, mussten sie sich geschlagen geben.

Auch Ocean schien innerlich schon aufgegeben zu haben, da passierte etwas Seltsames. Die Feueraugen-Zwillinge schlossen mitten in dem Tumult die Augen.

„Die haben Nerven“, dachte sich Arius. Aber aus irgendeinem Grund ging keiner der Piraten näher an sie heran. Es schien, als hätten sie Schmerzen, wenn sie auch nur in die Nähe der beiden kamen. Dann öffneten sie die Augen und plötzlich schienen diese nicht nur rot zu sein, sondern richtig zu glühen. Zusammen brüllten sie „Illuminet flamma“ und zeigten mit ihren Handflächen in Richtung des Piraten, der die Flaggen stehlen wollte. Zwei Feuerstrahlen schnellten aus ihren Händen und trafen den Piraten im Rücken. Dieser fiel schreiend vor Schmerzen zu Boden. Die Kandidaten staunten mit offenen Mündern.

Das war also die besondere Gabe der Feueraugen. Sie konnten Feuer heraufbeschwören. Eigentlich hätte es Arius Angst einjagen sollen, aber irgendwie fand er es auch faszinierend. Es musste ein unglaubliches Gefühl sein, solch eine Kraft in sich zu tragen!

Dieser Punkt ging an die Kandidaten, aber die Schlacht hatten sie noch lange nicht gewonnen. Schließlich waren sie in der Unterzahl und jetzt, da es um den Kampf Pirat gegen Pirat ging, würden sie sicher verlieren.

Da hatte Arius plötzlich eine Idee. „Parley!", rief er und aus den Augenwinkeln konnte er sehen, dass dem Ältesten ein Lächeln über die Mundwinkel huschte.

Augenblicklich wurde es ruhig auf dem Schiff und einer der Piraten trat auf Arius zu. Er war beeindruckend groß und hatte eine Narbe im Gesicht. „Trockenländer, du willst vom Aussprache-Recht gebrauch machen? Dann sag, was du zu sagen hast."

Aber was hatte er zu sagen? Arius hatte nicht weitergedacht, er hatte sich nur daran erinnert, dass man das Recht einfordern konnte, mit dem Kapitän zu sprechen. Aber was sollte er jetzt sagen, sie hatten eigentlich keine Verhandlungsgrundlage, schließlich hatten sie so gut wie verloren.

„Wir möchten anmerken", Arius versuchte einen selbstbewussten Ton einzuschlagen, „dass wir ehrlich und tapfer gekämpft haben. Deshalb steht es uns zu, lebend vom Schiff zu kommen."

Der Pirat lachte dreckig. „Du schlägst also vor, uns das Schiff zu überlassen und dafür mit dem Leben davonzukommen? Warum sollten wir das machen? Das Schiff ist ja sowieso schon in unserem Besitz."

Arius wusste, dass er recht hatte. Rein aus dieser Sicht hatten die

Kandidaten schlechte Karten. Aber vielleicht konnte er ja an etwas anderes appellieren …

„Ich würde sagen, das ist vor allem Ehrensache. Ihr habt gewonnen, das können hier alle sehen. Aber müsst ihr deshalb unnötig grausam sein und uns über die Planke gehen lassen? Wie würden die anderen Piraten von euch denken, wenn sie erfahren würden, dass ihr sieben Kinder getötet habt, nur weil sie einem Dutzend Piraten unterlegen waren?“

Der arrogante Gesichtsausdruck des gegnerischen Kapitäns verschwand. Arius schien ins Schwarze getroffen zu haben, denn sieben Halbstarke zu besiegen, war wahrlich kein ruhmreicher Sieg, vor allem, weil sie in der Überzahl waren. Der Pirat kratzte sich an seiner Narbe, er schien verunsichert. „Na gut! Dann verschwindet jetzt von diesem Schiff. Aber sollte ich einem von euch da draußen auf dem Meer noch einmal begegnen, dann macht euch auf etwas gefasst!“

Geknickt verließen die Kandidaten das Schiff. Die Stimmung war am Boden. Sie hatten verloren, das würde dem Prüfer sicher nicht gefallen.

Tail schaute grimmig zu den Zwillingen. „Hättet ihr das mit dem Feuer nicht schon früher machen können? Dann hätten wir vielleicht eine Chance gehabt.“

Darksoul funkelte sie verächtlich an. „Hätten wir ja gemacht, aber dazu hätten wir einen Befehl von unserem redefreudigen Kapitän gebraucht.“

Arius versuchte zu beschwichtigen. „Vergesst es einfach. Jetzt können wir sowieso nichts mehr daran ändern.“

Der Älteste kam auf sie zu. Eine gefühlte Ewigkeit stand er vor den Kandidaten und machte sich Notizen auf seinem Block. Was würde jetzt wohl passieren? Durften sie überhaupt weiter in Calvaria bleiben? Saria war so wütend, dass sie sich sogar eine winzigkleine Träne verkneifen musste.

Godric räusperte sich: „So, liebe Kandidaten, darf ich um eure Aufmerksamkeit bitten. Ich gratuliere euch, ihr habt die Prüfung mit Bravour gemeistert! Morgen geht es dann weiter mit dem nächsten Punkt des Kodex: *Einsatz von besonderen Fähigkeiten.*“

Die Kinder starrten den Ältesten verdutzt an. Hatten sie sich verhört? War er gerade nicht mit an Bord gewesen?

Saria war die erste, die zu Wort fand. „Aber Goderic, wir haben den Kampf verloren und das Schiff ist jetzt in der Hand der Piraten. Wie können wir da die Prüfung bestanden haben?“

Der Älteste schmunzelte. „In der Prüfung ging es nicht darum, die Schlacht zu gewinnen, sondern um das Verhalten bei einem feindlichen Angriff. Ihr habt euch an alle Punkte im Kodex gehalten. Ihr habt die Disziplin eingehalten, die Flaggen beschützt und habt sogar vom Aussprache-Recht Gebrauch gemacht. Das war alles, was ihr tun solltet. Von ‚gewinnen‘ war nie die Rede.“

Hörbar atmeten alle Kandidaten aus. Dies war eine große Erleichterung. Sie hatten es geschafft, alle waren eine Runde weiter und so ihrem Leben als Piraten ein Stück näher. Mit Stolz erfüllter Brust, kehrten sie auf ihre Zimmer zurück.

KAPITEL XII

Die versunkene Bibliothek

Am Abend nach dem Essen, kamen Feather, Tail und Ocean zu Arius und Saria ins Zimmer. Sie hatten sie zu sich gerufen, um mit ihnen über das zu reden, was sie am Hafen beobachtet hatten. Sorgfältig hatten sie drauf geachtet, dass die Zwillinge nichts von diesem Treffen mitbekommen hatten.

„Irgendwie hatte ich das Gefühl, wir müssen den Zwillingen folgen. Leider haben wir es dann nicht ins Haus hineingeschafft." Arius erzählte, wie sie den Feueraugen in die dunkle Gasse gefolgt waren.

Tail wirkte nachdenklich. „Sie sind also kurz drauf wieder herausgekommen und Fireeye hat etwas in ihre Tasche gesteckt. Und durch den Türspalt habt ihr einen Windisch gesehen? Das ist wirklich seltsam."

Ocean reichte Arius einen Zettel. „Ob wir sonst noch was bemerkt haben, fragst du? Eigentlich nur ein Schild oberhalb der Tür, darauf war ein Kreis mit einem Punkt in der Mitte und natürlich den seltsamen Gruß, den der Windisch den Feueraugen nachgerufen hat: Treue dem *Inneren Kreis*. Aber ich weiß nicht, ob wir damit irgendetwas anfangen können."

„Das muss etwas bedeuten“, merkte Feather an, „aber leider habe ich noch nie etwas von einem ‚*Inneren Kreis*‘ gehört.“

Auch die anderen konnten damit nichts anfangen.

Tail hatte eine Idee: „Vielleicht sollten wir in die versunkene Bibliothek. Dort lagern Bücher zu allen Themen und aus allen Jahrhunderten.“

Saria schaute irritiert. „Versunkene Bibliothek? Noch nie etwas davon gehört. Heißt das, sie ist unter Wasser?“

Tail nickte. „Ja, genau! Und zudem ziemlich weit ab von allem. Selbst die Aquaticus besuchen sie nur selten.“

„Unter Wasser? Aber wie sollen wir dann in die Bibliothek, ohne zu ertrinken?“, fragte Arius.

Tail überlegte. „Eigentlich geht es in erster Linie darum, runterzukommen. In der Bibliothek selbst kann man atmen. Sie ist in einer unterirdischen Höhle. Sonst hätten wohl auch die Bücher nicht überlebt.“

Feather schien eine Idee zu haben. „Also tauchen sollte kein Problem sein. Ich hab euch ja schon erzählt, dass wir Windisch viele Maschinen haben, die den Wind beeinflussen können. Aber wir haben auch noch andere Apparaturen, zum Beispiel ein Unterwasserboot.“

Die Freunde staunten.

„Es ist nicht sehr groß, aber wenn Tail nebenher schwimmt, sollte es für uns restlichen reichen.“

„Und wo ist das Ding?“ Saria schien noch etwas unsicher. Ein Trockenländer unter Wasser war auch eher ungewöhnlich.

„Es liegt in unserem heimatlichen Hafen. Aber ich kann hinfliegen und es hierherfahren.“

Arius nickte. „Das scheint mir ein guter Plan zu sein. Flieg du los. Wir treffen uns im Morgengrauen an der Südspitze des Hafens. Bitte seid alle vorsichtig! Die Feueraugen dürfen uns nicht sehen."

Der Plan stand und die Kandidaten gingen ins Bett.

Noch bevor die Sonne aufging, weckte Arius seine Schwester. „Aufstehen! Am besten, wir schleichen uns bereits unsichtbar aus den Hallen, so können wir sicher sein, dass uns die Feueraugen nicht bemerken."

Die Geschwister zogen sich an und verließen, dank ihrer Kräfte, unsichtbar die Hallen von Calvaria. Als sie am Hafen ankamen, wartete bereits Ocean auf sie. Auch Tail ließ nicht lange auf sich warten. Sie war unter den Plattformen hergeschwommen, um unbemerkt zu bleiben.

Alle warteten aufgeregt auf Feather und sein Gefährt. Einige Minuten später tauchte eine silberne Kugel aus dem Meer auf. Sie hatte ein großes Bullauge vorne und darin saß Feather.

„Mit dem Ding tauchen wir ab?" Saria gefiel das ganz und gar nicht. „Ich hoffe bloß, dass dies nicht das letzte Mal ist, dass ich Land unter den Füßen habe."

Nichtsdestotrotz stiegen alle, außer Tail, in das Unterwasserboot und langsam tauchte das Gefährt unter. Tail schwamm mit einer unglaublichen Eleganz und Geschwindigkeit vor dem Boot her.

Im Bootsinneren herrschte eine angespannte Stimmung. Keiner der Insassen, außer Feather, war je in einem Boot unter Wasser gewesen. Das Unterwas-

serboot gab seltsame Geräusche von sich und je tiefer sie tauchten, umso lauter wurden sie. Es klang fast so, als würde das Wasser versuchen, das kleine Boot zu zerdrücken. Saria lief bei jedem Knacken ein kalter Schauer über den Rücken, während Arius mehr die dauernd aufblinkenden Lichter irritierten.

Eine Zeit lang wurden die Kandidaten durch die Schönheit der Unterwasserwelt abgelenkt. Tausende verschiedene Lebewesen und Pflanzen verwandelten den Meeresboden in einen verwunschenen Wald. Es musste schön sein, wie Tail frei darin umherzuschwimmen. Fast schwerelos und von einer beruhigenden Stille umgeben.

Bald kamen sie an zwei riesigen Steinsäulen vorbei, die links und rechts eines Höhleneingangs standen. Auf ihnen thronten zwei Meermänner aus Stein mit Speeren in den Händen. Sie waren wohl einst als Wächter der Bibliothek gedacht. Sie tauchten immer weiter in die Höhle hinein und es wurde immer finsterer. An den Seiten der Höhle leuchteten seltsame Organismen und je dunkler die Höhle wurde, umso mehr leuchtende Pflanzen und Tiere konnte man erkennen.

„Biolumineszenz", erklärte Feather, „ich hab schon davon gehört. Das sind Organismen, die von selbst leuchten können."

Das war wirklich ein beeindruckender Anblick.

Plötzlich rief Saria: „Halt! Da vorne ist die Höhle zu Ende."

Feather verlangsamte das Boot. Da blieb auch Tail stehen. Sie drehte sich zu ihren Freunden um und deutete mit ihrem Finger nach oben. Dann verschwand sie blitzschnell aufwärts.

„Das soll wohl heißen, wir tauchen auf." Feather steuerte das Unterwasserboot nach oben und nach nur kurzer Zeit tauchten sie mitten in einer Riesenhalle auf. Wie Tail versprochen hatte, konnten die Kandidaten problemlos aussteigen, denn in der Halle konnten sie atmen.

„Willkommen in der versunkenen Bibliothek!“ Tail entzündete eine Fackel, die eine Kettenreaktion auslöste. Innerhalb von ein paar Sekunden entzündeten sich hunderte von Fackeln und die ganze Halle war erleuchtet. Die Freunde staunten.

Die Halle war höher als jedes Gebäude, das sie kannten, mit massigen Steinsäulen und einem beeindruckenden Gewölbe. Die Anzahl der Bücher, die sich an allen Seiten der Bibliothek befanden, schien endlos. Überall in der Halle standen Tische und Stühle, an denen man in den Büchern lesen und studieren konnte. Der Geruch von alten Ledereinbänden und bedrucktem Papier lag in der Luft.

„Echt beeindruckend.“ Arius war begeistert. „Hier findet man sicher das Wissen aller Zeiten.“

Saria hingegen sah die Sache etwas pragmatischer. „Das kann ja Jahre dauern, bis wir hier etwas finden. Gibt es denn niemanden, den wir fragen können? Ich meine eine Art Bibliothekarin oder einen Bücherwächter?“

Tail schüttelte den Kopf. „Leider, nein! Wie ich euch bereits erzählt habe, ist diese Bibliothek so weit außerhalb von Aquasia, dass sie nicht mehr richtig genutzt wird. Inzwischen haben wir eine neue, direkt in der Stadt. Hierher kommen nur mehr jene, die etwas ganz Spezielles suchen, so wie wir.“

Die Freunde schauten sich um, es würde viel Arbeit bedeuten, hier etwas zu finden. Aber wenn sie hier nicht fündig wurden, wo dann?

Die Bücher waren nach Thematiken eingeteilt, was nur wenig half, da sie noch gar nicht wussten, worum es sich beim „*Inneren Kreis*“ handelte.

Sie hatten schon Stunden mit Suchen verbracht, als Tail ein sehr altes Buch in die Hand fiel. In einem seiner letzten Kapitel wurde der „*Innere Kreis*“ erwähnt. Es trug den Titel „Die Gezeitenwandler – Anfang und Ende“.

„Ich hab was!“ rief sie und alle Kandidaten versammelten sich an einem Tisch. Ocean entzündete eine Laterne an einer der Fackeln und stellte sie in die Mitte des Tisches.

Tail blätterte zum ersten Kapitel und begann vorzulesen: „Am Anfang der Zeit, als die Stämme noch jung waren, war das Meer wild, ungebändigt und voller Gefahren. Deshalb beschlossen die Stammesoberhäupter einen Pakt mit der Meereshexe einzugehen.“

Arius schaute zu Ocean. „Hast du nicht auch so etwas Ähnliches erzählt?“ Ocean nickte und Tail las weiter: „Sie schworen der Hexe, sich an ihre Regeln zu halten und sie gab ihnen dafür die Macht, über das Meer zu herrschen.“

„Allen Stämmen?“ Saria war verwirrt. „Ich dachte, nur die Wellenwanderer können das Wasser beschwören.“

„Dachte ich auch“, meinte Tail, „aber so steht es hier.“

„Überspring doch mal ein paar Kapitel. Dann sehen wir, wer das war und wie sie das gemacht haben“, drängte Feather. Also las Tail auf den hinteren Seiten weiter.

„Die Meereshexe schenkte allen sechs Stammesführern einen Kompass. Dieser hatte die Macht über die Gezeiten. So konnten sie das Wasser beeinflussen und die Fahrten auf dem Meer wurden sicherer. Die sechs Stammesführer wurden von nun an die Gezeitenwandler genannt.“

Die Kandidaten sahen sich gegenseitig an. „Habt ihr schon einmal davon gehört?“, fragte Saria in die Runde. Doch auch die übrigen

Stammeskinder hatten noch nie von den Gezeitenwandlern gehört.

„Aber warte mal!", rief Feather. „Hattest du sechs Stammesführer gelesen?" Tail war sich nicht mehr sicher und suchte schnell den Absatz, den sie gerade vorgelesen hatte. „Tatsächlich sechs Stammesführer. Es gibt aber doch nur fünf!"

Das war wirklich seltsam. Hatte es einmal einen sechsten Stamm gegeben?

„Aber wie ist es dann weiter gegangen? Wieso gibt es heute keine Gezeitenwandler mehr?" Arius wollte unbedingt alle Details erfahren. Also las Tail weiter: „Die Macht stieg den Gezeitenwandlern bald zu Kopf und sie dachten, es wäre nicht mehr nötig, sich an die Regeln der Meereshexe zu halten. Besonders der Stammesführer der Elementarier fühlte sich nun den anderen überlegen. Er griff alle Stämme unerbittlich an und es gab viele Verluste. Deshalb baten die übrigen Stammesführer die Meereshexe um Hilfe. Diese versprach, ihnen zu helfen, wenn sie dafür ihre Kompasse zurückgeben würden. Die Stammesführer willigten ein und die Meereshexe verbannte die Elementarier für immer aus Calvaria."

„Ich habe noch nie etwas von den Elementariern gehört. Aber was ist jetzt mit dem *Inneren Kreis*?" fragte Arius.

„Warte, das müsste im letzten Kapitel stehen." Tail blätterte weiter und las vor: „Noch Jahre später hielt sich das Gerücht, dass einige Piraten die Situation ausgenützt hätten. Sie sollen sich zu einem *Inneren Kreis* zusammengeschlossen haben, um mithilfe der Kompasse Calvaria zu unterwerfen. Da sie im *Inneren Kreis* Mitglieder aller Stämme zusammengeschlossen haben sollen, hätten sie so dieselbe Macht erlangt wie einst die Elementarier. Beweise hierfür gibt es aber keine."

„Und wenn es keine Gerüchte waren?“ Saria war beunruhigt. „Ich meine, der Windisch hatte ‚Treue dem *Inneren Kreis*‘ gerufen.“

„Wir müssen unbedingt mehr über die Elementarier herausfinden. Freunde, es nützt nichts, wir müssen wieder die Bücher durchsuchen.“ Arius machte sich auf den Weg zum ersten Regal, als Ocean ihn aufhielt. Er wanderte zielstrebig zu einem der Regale, welches er vorher durchsucht hatte, und kam mit einem Buch zurück. Anscheinend hatte er vorher eins mit dem richtigen Thema entdeckt. Er reichte Tail das dicke Buch, das den Titel „Die Geschichte der Stämme“ trug.

„Hier sollten wir etwas finden. Gut gemacht, Ocean!“

Tail durchsuchte das Inhaltsverzeichnis und schlug dann die Seite 127 auf. Die Überschrift lautete „Die Elementarier“. „Das Volk der Elementarier hat keinen festen Heimathafen. Es ist überall und nirgends zu Hause. Ihre Segelschiff-Flotte beherbergt ihr ganzes Volk und ist beeindruckend gut ausgestattet. Sie werden Elementarier genannt, da sie, anders als andere Stämme, nicht auf ein Element spezialisiert sind. Ihre Fertigkeiten und magischen Fähigkeiten sind mehrfach elementar. So hat jedes dieser Stammesmitglieder mindestens zwei besondere Fähigkeiten. Zum Beispiel Feuer beschwören und unter Wasser atmen.“

Wortlos schauten sich die Kinder an. Dies war also die Geschichte der Elementarier. Es war erstaunlich, dass es einmal ein solches Volk gegeben hatte und heute niemand mehr davon wusste.

Plötzlich sprang Saria auf. „Wir müssen los, sonst kommen wir zu spät zu unserer nächsten Lektion.“

Die Kandidaten kehrten mit einem mulmigen Gefühl zurück in die Hallen von Calvaria.

KAPITEL XIII

Weitere Lektionen

Als die Freunde mit leichter Verspätung zurück in die Hallen von Calvaria kehrten, wartete dort bereits Aethel, die Aquaticus-Älteste. Sie schaute etwas pikiert und zeigte auf die große Uhr an der Wand. Auch die Feueraugen-Zwillinge waren schon eingetroffen. Arius merkte, dass sie sich fragten, wo die übrigen Kandidaten wohl gesteckt hatten.

„Guten Morgen, liebe Kandidaten. Ich bin froh, dass ihr den feindlichen Angriff überlebt habt und nun zum dritten Teil der Prüfung voranschreiten könnt. Der da heißt: *Einsatz von besonderen Fähigkeiten.*"

Die Älteste fing einen nicht enden wollenden Monolog über besondere Fähigkeiten an. Arius versuchte, sich zu konzentrieren, aber es wollte ihm nicht gelingen. Immer wieder hörte er Bruchteile einer Unterhaltung, aber wenn er sich umschaute, konnte er niemanden sehen, der sprach. Ihm war, als hörte er Satzteile wie: „… müssen vorsichtiger sein … Mission nicht in Gefahr bringen … können niemandem trauen …"

Saria hingegen hatte Mühe, ihre Augen offen zu halten. Die Nacht war kurz und dieser Monolog nicht gerade fesselnd.

Die Älteste hatte inzwischen schon über die Trockenländer,

Windisch und Wellenwanderer gesprochen und redete gerade über die Fähigkeiten der Aquaticus. „Die beeindruckendste Fähigkeit ist natürlich das Atmen unter Wasser. Zudem sind Aquaticus ausgezeichnete Schwimmer und haben ein feines Gespür für die Unterwassertierwelt. Nun kommen wir zu den Feueraugen …"

Alle Kandidaten, auch die, die schon fast eingeschlafen waren, waren plötzlich wieder voll konzentriert und auch Arius konnte die Stimmen ausblenden und zuhören.

„Die Feueraugen haben die besondere Macht, Feuer zu beschwören. Von der kleinen Flamme bis zum lodernden Inferno ist, mit einiger Übung, fast alles möglich. Eine weitere Stärke ist ihre Fähigkeit, sich zu konzentrieren und ganz bei sich zu bleiben. Eine Legende besagt, dass am Anfang der Zeit die Feueraugen mit Wölfen zusammengelebt haben, und deshalb von ihnen die Fähigkeit der Telepathie erlernten."

„Telepathie?" Saria verstand nicht, was die Älteste damit meinte.

„Ja. Das ist die Fähigkeit, Gedanken auszutauschen, ohne zu sprechen. Allerdings beherrschen dies die Wölfe immer nur innerhalb eines Rudels. Das heißt, laut Erzählungen können sich Feueraugen gegenseitig nur durch Gedankenübertragung unterhalten. Doch auch das ist nur eine Legende. Oder Darksoul, Fireeye?"

Die Zwillinge nickten und versuchten ein Grinsen zu verkneifen.

Arius lief ein kalter Schauer über den Rücken, weshalb, war ihm aber nicht klar.

Komplett geplättet von der langwierigen Lektion in *Einsatz von besonderen Fähigkeiten* kehrten die Kandidaten in den Aufenthaltsraum zurück. Die Feueraugen gingen wie gewöhnlich in ihr Zimmer. Millionen von Gedanken gingen jedem von ihnen durch den Kopf. Die letzten Stunden hatten so viele neue Fragen aufgeworfen und nur wenige Antworten geliefert.

Lange Zeit sagte niemand etwas, jeder schien alles für sich zu verarbeiten. Saria war die erste, die ihre Gedanken aussprach. „Also, jetzt fassen wir mal zusammen: Wir haben dieses Jahr Feueraugen bei der Prüfung, die sich offiziell bessern wollen, inoffiziell aber in dunklen Gassen umherschleichen. Wir haben die Gezeitenwandler, die mithilfe von Kompassen über das Meer herrschen können. Wir haben ein Volk, von dem noch nie jemand gehört hat. Und schließlich haben wir den *Inneren Kreis*, der sich zusammengeschlossen hat, um Calvaria zu unterwerfen. Hab ich noch etwas vergessen?"

„Ja, die Meereshexe, welche die Kompasse hergestellt und wieder zu sich genommen hat", fügte Tail hinzu.

Saria überlegte und plötzlich kam ihr ein Geistesblitz. „Und wenn sie das nicht getan hat?"

„Was nicht getan?", fragten die anderen irritiert.

„Na, wenn sie die Kompasse nicht zurückbekommen hat?" Saria stürmte aus dem Raum.

„Ist sie jetzt völlig übergeschnappt?" Feather schüttelte den Kopf. „Was sollte das eben?"

Arius aber kam so ein Gedanke und bevor er sich dazu äußern konnte, kam Saria zurück in den Aufenthaltsraum. Sie setzte sich in die Mitte der Kandidaten und holte etwas aus ihrer Tasche.

Ein Staunen ging durch die Gruppe. Saria hatte sich an den Kompass erinnert, den ihr ihr Onkel geschenkt hatte und der auf dem Schiff einfach nicht die Richtung anzeigen wollte.

„Diesen Kompass hat mir unser Kapitän gegeben und er hat

gesagt, dass er seit sehr langer Zeit in Besitz unseres Volkes ist."

Tail schaute sich den Kompass genauer an. „Und du glaubst, dass er das Meer beherrschen kann?"

Saria zuckte mit den Schultern. „Das weiß ich nicht, mein Onkel hat nichts davon gesagt, aber vielleicht weiß er es nicht."

Feather schüttelte ungläubig den Kopf. „Selbst wenn das so ein besonderer Kompass wäre, warum habt ihr ihn dann? Die Kompasse wurden der Meereshexe zurückgegeben und nur deshalb hat sie die Elementarier verbannt."

Arius machte ein nachdenkliches Gesicht. „Und wenn die Geschichtsschreiber nur glauben, dass es so war? Wenn nicht alle Kompasse, oder am Ende gar keine, zurückgegeben worden waren und die Elementarier deshalb gar nicht verbannt wurden?"

„Wie meinst du das?", fragte Tail.

„Sagen wir mal, die Meereshexe hätte die Kompasse nicht zurückbekommen, dann hätte sie natürlich auch nicht ihren Teil der Abmachung eingehalten und hätte die Elementarier nicht verbannt."

„Aber dann gäbe es sie heute doch noch, oder etwa nicht?" Auch Saria verstand noch nicht, worauf Arius hinauswollte.

„Jetzt denkt mal nach. Wenn ihr an der Stelle der Elementarier gewesen wärt und ihr hättet Wind davon bekommen, dass sich die anderen Stämme gegen euch verbunden hätten, wärt ihr da nicht vorsichtig geworden? Vielleicht wissen die verschiedenen Stämme nicht, dass einige von ihnen die Kompasse nicht zurückgegeben haben und dass die Elementarier deshalb gar nicht verbannt wurden. Und die Elementarier sind deshalb noch da, irgendwo, versteckt oder getarnt."

Saria war fassungslos. „Boah, das wäre echt der Hammer! Aber warum sind sie all die Jahre versteckt geblieben und haben nicht schon früher versucht zurückzukehren?“

Arius dachte kurz nach. „Das ist eine gute Frage, das gilt es herauszufinden. Seid aber vorsichtig, ich glaube, die Feueraugen haben bemerkt, dass wir ihnen nachspionieren.“

Saria schaute auf den Kompass in ihrer Hand. Ob er wohl so ein Gezeitenwandler-Kompass war? Sie wollte es noch herausfinden, aber nicht jetzt. Dafür musste sie allein und unbeobachtet sein. Sie fuhr mit den Fingern über die Verzierungen am Rande. Ein Kompass, der das Meer beherrschen konnte, das wäre einfach unglaublich!

KAPITEL XIV

Besondere Fähigkeiten

Am nächsten Tag stand die Prüfung in *Einsatz von besonderen Fähigkeiten* an. Dafür versammelten sich die Kandidaten in den Hallen, wo die Aquaticus-Älteste Aethel zusammen mit fünf Truhen auf sie wartete. „Guten Morgen, liebe Nachwuchs-Piraten! Heute erwartet euch eine besondere Prüfung. Ihr werdet nicht gemeinsam, sondern einzeln, ein Stamm nach dem anderen, antreten und euren Test absolvieren."

Bedeutungsvoll trat die Älteste nach vorne zu den Truhen. „Für jeden Stamm verstecken wir eine Truhe voller Silbermünzen. Mithilfe eurer besonderen Fähigkeiten müsst ihr die Truhen finden und zu mir zurückbringen. Da wir sehr unterschiedliche Gegebenheiten brauchen, fahren wir zusammen auf eine kleine Insel. Sie wird seit jeher für die Prüfungen benutzt, da sie unterschiedlichste Landschaften vereint. Also, alle Kandidaten an Bord!"

Die Überfahrt zur Insel dauerte nur eine Stunde und verlief ohne Komplikationen. Am Strand sprach die Älteste zu den Kandidaten, während sich die Crew daran machte, die Truhen an ihren Platz zu bringen. „Feather, wir wollen mit dir anfangen. Du wirst jetzt an deinen Ort gebracht, an dem wir die Truhe versteckt haben. Nutze deine besonderen Fähigkeiten und bring die Truhe zurück."

Feather war zuversichtlich, dies schien eine machbare Aufgabe zu sein.

Kurze Zeit später stand er mitten in einer Wüste. Sie erinnerte stark an das Trockenland. Es war heiß. Die Sonne brannte auf der Haut und die Luft war voller Sandkörner. Feather sah sich um. Wie ihm seine besonderen Fähigkeiten hier behilflich sein sollten, verstand er noch nicht. Ein guter alter Spaten wäre hier wohl hilfreicher als Flügel.

Feather machte sich blindlinks auf den Weg durch die Wüste, als er plötzlich das Gefühl hatte, der Sand unter seinen Füßen würde sich bewegen.

„Was ist das? Etwa Treibsand?" Feather drückte den Knopf auf seiner Brust und hob mithilfe der Flügel vom Boden ab. Aber anders als erwartet, war es kein Treibsand, sondern Sandfontänen, die aus dem Boden schossen. Mit voller Wucht erwischte eine der Sandfontänen Feather und schleuderte ihn zu Boden. Der Sand begrub den Jungen fast komplett und nur mit Mühe kam er wieder an die Oberfläche. Feather hustete, er hatte Sand an und in jeder erdenklichen Stelle seines Körpers.

Gerade noch rechtzeitig schaffte er es zurück in die Luft, bevor zwei weitere Fontänen emporschlugen. Aber auch am Himmel war er nicht sicher, denn die Sandfontänen schienen mehr als schiffshoch aus dem Boden zu schießen.

Feather wurde immer nervöser. Wie sollte er die Truhe finden, wenn er es nicht einmal auf den Boden zurückschaffte?

Da hatte er plötzlich einen Geistesblitz. Er musste sich auf seine anderen Fähigkeiten besinnen, schließlich konnte er nicht nur fliegen.

Während er der nächsten Fontäne auswich, suchte er in seinen Taschen nach einer erstaunlichen Apparatur. Von außen betrachtet schien sie nicht besonders beeindruckend, aber im Inneren beherbergte sie ein kleines Wunder.

Feather hielt das kleine Kästchen mit ausgestreckten Armen und drückte auf einen Knopf. Das Kästchen öffnete sich und ein kleiner metallischer Schmetterling kam zum Vorschein. An einem Einstellrad stellte Feather die Stufe „Wirbelwind" ein und drückte erneut den Knopf.

Der Schmetterling tat einen einzigen Flügelschlag und seine Flügel erzeugten damit einen kaum merklichen, zarten Windhauch. Doch je mehr sich dieser vom Schmetterling entfernte, desto gewaltiger wurde er. Als er schließlich am Wüstenboden ankam, hatte er die Kraft eines Orkans.

Die Sandfontänen schossen immer noch erbarmungslos aus dem Boden. Da aber der Orkan zu einem regelrechten Wirbelsturm herangewachsen war, wurden sie immer wieder davongetragen und konnten so ihr Ziel nicht erreichen.

Der Sturm wurde immer heftiger und immer mehr Sand wurde aufgewirbelt.

Da sah Feather plötzlich die Truhe mitten im Auge des Sturms. Genau in diesem Moment schoss er hinein und holte die Truhe heraus.

Müde, voller Sand, aber glücklich brachte er die Truhe zurück zu den anderen. Feather übergab die Truhe der Ältesten. „Musste ja

Wüste sein, oder? Wäre das nicht eher etwas für die Trockenländer gewesen?"

Aethel grinste. „Wenn's einfach wäre, wär's doch auch keine Prüfung, oder? Tail, jetzt geht es mit dir weiter."

„Und wo bringen Sie mich hin?" Tail war neugierig, jetzt wo sie wusste, dass die Prüfung vielleicht doch nicht so einfach war, wie sie alle gedacht hatten.

Die Älteste drehte sich Richtung Meer und Tail freute sich. Wenn sie im Wasser suchen sollte, dann wäre dies sicher keine allzu große Herausforderung.

Aber ihre Zuversicht schwand, als sie etwa fünfhundert Meter vor dem Strand etwas am Himmel leuchten sah.

„Tail, deine Truhe befindet sich dort oben am Himmel. Wir haben sie an einen Ballon gehängt, den uns freundlicherweise die Windisch zur Verfügung gestellt haben. Nutze auch du deine Fähigkeiten und bringe mir diese Truhe zurück."

Alle Kandidaten starrten aufs Meer. Wie sollte sie diese Aufgabe lösen? Wie sollte sie vom Meer aus so weit in die Luft gelangen?

Verunsichert schaute sich Tail zu ihren Freunden um, aber auch die schienen keinen Rat zu wissen.

Jetzt gab es kein Zurück mehr, sie musste es versuchen. Mit einem eleganten Sprung und klopfendem Herzen, tauchte sie ins Wasser und schwamm hinaus aufs Meer, bis sie sich direkt unter der Truhe befand.

Die Truhe hing ziemlich hoch, und selbst wenn sie genug Schwung holen würde, würde sie es nicht schaffen, so hoch zu springen.

Was sollte sie also tun? Das Gut-Schwimmen-Können und das Unter-Wasser-Atmen waren ja ganz hilfreich, um bis hierherzukommen, aber in der Luft halfen diese Fähigkeiten recht wenig.

Lange Zeit überlegte Tail, was sie machen sollte, aber es wollte ihr nichts einfallen. Um besser überlegen zu können, tauchte sie ab. Unter Wasser fühlte sie sich geborgen und sie hoffte, dort eine Antwort zu finden. Das Meer fühlte sich wie eine wärmende Decke für sie an, und die Stille beruhigte sie.

Tail schwamm ein Stück, bis sie auf eine Gruppe Hippokampen traf. Hippokampen waren unglaubliche Tiere, während der Vordereleib der eines Pferdes war, hatten sie hinten einen Schwanz wie ein Fisch. Sie waren freundlich, stark, hilfsbereit und intelligent.

Das war's! Tail hatte eine Idee. Sie streichelte die Hippokampen und bat sie um Hilfe. Natürlich sprachen diese mystischen Wesen nicht mit Menschen, aber die Aquaticus hatten eine besondere Beziehung zur Unterwassertierwelt und konnten sich deshalb mit ihr verständigen.

Inzwischen wurde den Kandidaten am Strand etwas mulmig zumute. Was war da draußen los? Warum passierte nichts.

Arius wurde ganz kribbelig. „Was sollen wir machen? Diese Prüfung ist unmöglich zu bestehen!“

Aber in diesem Moment schoss etwas aus dem Wasser.

Vom Strand aus war es schwer zu sagen, was genau da gerade auf dem Meer passierte.

Die Älteste aber hatte ein Fernrohr in der Hand und kommentierte das, was sie sah. „Ah! Das nenne ich mal eine gute Idee! Tail hat sich Hilfe geholt.“

Das Aquaticus-Mädchen hatte sich auf den Rücken eines Hippokampen gesetzt. Das Pferd mit Fischschwanz schwamm mit viel Schwung nach oben und machte einen seiner hohen Luftsprünge.

Als er am höchsten Punkt angekommen war, sprang Tail vom Hippokamp und schnappte sich die Truhe im Flug.

Triumphierend kehrte sie an den Strand zurück.

„Gut gemacht!", riefen ihr ihre Freunde entgegen und auch die Älteste war zufrieden.

„Ocean, jetzt du. Da wir normalerweise keine Feueraugen bei der Prüfung haben, mussten wir etwas improvisieren. Da die Insel keinen Teil hat, der dem Feuerland ähnelt, schicken wir dich auf die Bergspitze. Auch dort wirst du kahles steiniges Land finden, wenn schon keine Lava. Also, viel Glück!"

Ocean wurde von einem Windisch knapp unterhalb des Gipfels gebracht. Dort war es kalt, denn der Gipfel war vereist. Ocean sah sich um. Die Truhe war sicher irgendwo unter der Erde, denn andere Verstecke gab es hier oben nicht. Der Wellenwanderer Junge kniete sich nieder und versuchte, mit den Händen zu graben. Aussichtslos, selbst mit einer Spitzhacke wäre es ein Ding der Unmöglichkeit gewesen, hier ein tiefes Loch zu graben.

Wie also sollte er an die Truhe kommen? Er dachte über seine besonderen Fähigkeiten nach. Aber irgendwie hatten die alle mit Wasser zu tun. Und was halfen ihm diese schon auf einem Berggipfel?

Entmutigt wanderte er umher, doch außer Stein und Eis war nichts zu sehen. „Überall Stein, Fels und Eis." Doch plötzlich blieb er wie angewurzelt stehen. Eis! Eis war im Grunde genommen auch nichts anderes als gefrorenes Wasser. Und wenn er eines mit Bestimmtheit wusste, dann dass Wasser eine unglaubliche Kraft hatte.

Ocean stellte sich auf einen großen Stein und konzentrierte sich. Mit aller Kraft beschwor er das Eis im Inneren des Berges. Langsam fing es an zu schmelzen. Erste kleine Rinnsale flossen an Ocean vorbei. Bald wurden daraus kleine Bäche und aus den verschiedensten Öffnungen und Spalten trat Wasser heraus.

Plötzlich, von einem auf den anderen Moment, hallte ein gewaltiger Knall vom Berg. Das Wasser hatte den Stein gesprengt und eine Schlucht entstehen lassen.

Ocean hörte mit seiner Beschwörung auf. Als das letzte Wasser hinab ins Tal geflossen war, entdeckte der Wellenwanderer die Truhe am Fuße der Schlucht.

Nun war es ein leichtes, sie zu holen. Der selbe Windisch, der ihn bereits hergeflogen hatte, brachte Ocean mitsamt der Truhe zurück an den Strand.

„Du hast es ganz schön knallen lassen", scherzte Saria, aber gleichzeitig wurde sie langsam nervös. Denn jetzt waren nur noch sie, ihr Bruder und die Feueraugen übrig.

KAPITEL XV

Unerklärliche Begebenheiten

Aethel, die Älteste, schien zufrieden, dass bereits drei Kandidaten die Prüfung mit Bravour bestanden hatten. „Darksoul und Fireeye, da ihr zu zweit an der Prüfung teilnehmen werdet, ist eure Prüfung auch zweigeteilt. Darksoul, du bekommst ein Boot. Mit diesem fährst du bis zu dieser Markierung". Sie zeigte aufs Meer, wo man eine rote Boje erkennen konnte. „Unterhalb der Boje befindet sich die Truhe. Hole sie vom Meeresboden und bringe sie in dein Boot. Fireeye, du wirst deine Augen verbunden bekommen und wir werden dich irgendwo über dem Meer abwerfen. Deine Aufgabe wird es sein, zu deinem Bruder zu finden. Also, los geht's!"

Darksoul setzte sich ins Boot und nickte seiner Schwester zu. Aethel verband Fireeye die Augen und ein Windisch flog mit ihr davon.

„Wie werden sie das machen?" Tail schaute die anderen an. „Ich meine, sie können sicher nicht besonders gut schwimmen, vom Tauchen und Unter-Wasser-Atmen gar nicht zu reden."

Arius nickte. „Wenn sie diese Prüfung schaffen, dann verstehe ich die Welt nicht mehr."

Es dauerte eine halbe Stunde, bis das Boot von Darksoul bei der

Boje angekommen war. Darksoul versuchte, das Boot festzumachen und dann passierte erst einmal gar nichts. Er schien einfach nur so dazusitzen.

Der Windisch war mit Fireeye so weit geflogen, dass niemand wusste, wo genau er sie ins Wasser geworfen hatte.

Saria schaute besorgt. „Ich weiß, wir mögen die Feueraugen nicht besonders, aber glaubt ihr nicht, das ist etwas zu barbarisch? Ich meine, Fireeye wird da draußen ertrinken!"

„Nein, sie ist okay", bemerkte Arius fast beiläufig.

Saria starrte ihren Bruder an. „Woher willst du das schon wieder wissen?"

Da bemerkte Arius erst selbst, was er gerade gesagt hatte. „Keine Ahnung! Aber ich weiß, dass sie okay ist."

Dann kam Bewegung in die Sache. Darksoul stand auf und sprang mit einem Satz vom Boot ins Meer. Er tauchte ab und verschwand im dunklen Blau.

Tail schaute skeptisch. „Jetzt bin ich aber wirklich gespannt. Wenn der jetzt auch noch okay ist, wenn er bis zum Meeresboden tauchen muss, dann weiß ich auch nicht mehr!"

Die Kandidaten schauten zu Arius und plötzlich nickte er. „Er ist auch okay."

Saria regte sich auf. „Also echt jetzt! Wieso spielst du dich so auf? Du kannst das gar nicht wissen! Bist du Hellseher, oder was?"

„Ob du es glaubst oder nicht, Schwesterherz, ich weiß, dass sie okay sind. Warum das so ist, weiß ich aber leider nicht. Also lass mich in Frieden!"

Tail versuchte die Wogen zu glätten: „Ihr solltet jetzt lieber nicht zu streiten anfangen, ihr steht kurz vor eurer Prüfung."

Damit hatte Tail recht und deshalb versuchten sich die Geschwister zu beruhigen.

Aethel gab ein zufriedenes Grunzen von sich. „Da sind sie ja wieder."

Und tatsächlich sah man in der Ferne, wie beide Feueraugen zusammen mit einer Truhe ins Boot kletterten.

Die Kandidaten kamen aus dem Staunen nicht mehr heraus.

„Wie haben sie das bloß gemacht?" Selbst Feather schien überrascht, der sich noch wenig über die laufende Prüfung geäußert hatte.

Während sie das Boot beobachteten, das dem Strand immer näher kam, war es Arius, als hörte er wieder diese Stimmen: „... Plan funktioniert ... wenn die wüssten ... für jemanden wie uns, ein Klacks ..."

Langsam machte er sich Sorgen, bildete er sich das alles nur ein?

Aber bevor er weiter darüber nachdenken konnte, wandte sich die Älteste an sie beide. „Shadow, Curly, nun seid ihr an der Reihe. Auch ihr werdet eine zweigeteilte Aufgabe bekommen, wie zuvor die Feueraugen. Curly, du musst das Boot sicher durch diese Höhle dort am Westende der Insel navigieren. Während Shadow den Weg über den Felsen nehmen wird. Auf der anderen Seite werdet ihr wieder aufeinandertreffen und einer von euch sollte den Schatz dabeihaben. Diesen bringt ihr dann mit dem Boot hierher zurück."

Arius und Saria schauten sich an. Das klang erst einmal gar nicht so schwierig. Da war die Aufgabe der Feueraugen schon aussichtsloser gewesen und selbst die hatten es geschafft.

Voller Motivation machten sich die Geschwister auf den Weg. Arius zu Land und Saria auf dem Wasser.

Arius' Weg führte ihn über steinige Klippen, immer am Meer entlang. So sah er, wie Saria gekonnt das Boot Richtung Höhle manövrierte.

Bald führte sein Weg hinauf auf eine Hochebene, die er überqueren musste, um seine Aufgabe zu erfüllen.

Auf einmal hörte er ein Geräusch, schnell machte er sich unsichtbar. Dank der Übung funktionierte seine Fähigkeit immer besser, sodass er für jeden normalen Menschen nicht mehr zu sehen war.

Langsam schlich er weiter und da entdeckte er den Grund für die seltsamen Geräusche: ein Rudel Wölfe. Jetzt musste er vorsichtig sein, damit er keinen Ton von sich gab, denn sehen konnten sie ihn ja nicht.

Doch trotz all seiner Bemühungen, schienen die Wölfe ihn bemerkt zu haben. Sie knurrten, fletschten die Zähne und umkreisten ihn.

Währenddessen war Saria am Eingang der Höhle angekommen. Jetzt verstand sie auch die Schwierigkeit der Aufgabe. Denn die Höhle war kaum höher als fünfzig Zentimeter. Ein Boot, und wäre es noch so klein, würde hier keines durchpassen.

Sollte sie durchschwimmen? Nein, so gut konnte sie nicht schwimmen und zudem hätten sie danach kein Boot, um den Schatz zurückzutransportieren.

Saria dachte an ihre besondere Fähigkeit, aber unsichtbar sein würde ihr jetzt auch nicht weiterhelfen.

Eine Weile wollte ihr nichts einfallen, aber dann kamen ihr die Worte von ihrem Onkel, Invisible Jack, in den Sinn: „Wir sind vielleicht nicht so exotisch wie die Aquaticus und Windisch oder

so magisch wie die Wellenwanderer, aber wir waren immer die schlausten Piraten. Keiner ist uns an Strategie und Klugheit überlegen." Vielleicht war kluges Handeln auch eine besondere Fähigkeit. Und da sie gerade an ihren Onkel dachte, fiel ihr auch der Kompass wieder ein. Sie nahm ihn in die Hand und untersuchte ihn. War es ein magischer Kompass? Und wenn ja, wie funktionierte er bloß? Sie drehte und wendete den Kompass, aber es wollte nichts passieren. Vor Wut schüttelte sie ihn so kräftig, dass sie das Armband, das sie am Arm trug, verlor. Es fiel auf den Schiffsboden. Schnell hob Saria es auf. Es war so lieb von Arius gewesen, es ihr zu schenken.

Als sie sich das Armband wieder umband, machte sie eine Entdeckung: Die Form der vier Anhänger, die den Mond in allen vier Phasen zeigten, erinnerte sie an etwas. Ihr Herz begann schneller zu schlagen. Sie schaute auf den Kompass und wirklich, auf der Rückseite des Kompasses befanden sich vier Vertiefungen in genau derselben Form, wie die Anhänger ihres Armbandes. Jetzt nur nichts überstürzen. Sicher passten die Anhänger genau in die Vertiefungen und da es vier verschiedene waren, mussten sie unterschiedliche Dinge bewirken. Sie brauchte Ebbe. Das bedeutete, das Meer muss sinken. Sie wusste nur, dass bei Voll- oder Neumond die Ebbe und Flut stärker waren als bei abnehmendem oder zunehmendem Mond, und genau dies war es, was sie jetzt brauchte. Also blieben noch zwei Anhänger übrig, Vollmond oder Neumond. Da war guter Rat teuer. Ihr Bauchgefühl sagte ihr, sie sollte den Neumond nehmen und das tat sie dann auch.

Saria hatte Gänsehaut, während sie den kleinen Anhänger in die Vertiefung legte. Augenblicklich schlug die Kompassnadel aus. Wie wild kreiste sie gegen den Uhrzeigersinn. Ein Rauschen war zu hören und der Wasserpegel begann sich zu senken. Sie hatte es geschafft! Sie hatte den richtigen Anhänger gewählt. Zudem war sie sich nun sicher, dass ihr Kompass ein Gezeitenwandler-Kompass war. Unglaublich!

Der Wasserpegel sank schnell ab und schon bald schaffte sie es mühelos durch die Höhle.

Plötzlich merkte Saria, dass das Wasser immer weiter zurückging. Sie musste sich beeilen, denn sonst würde sie bald auf dem Trockenen liegen.

Inzwischen hatten die Wölfe Arius komplett umkreist. Knurrend und mit gefletschten Zähnen kamen sie immer näher. Arius fragte sich, warum die Wölfe ihn sehen konnten, wenn er sich doch unsichtbar gemacht hatte. Da fiel es ihm wie Schuppen von den Augen: Sie konnten ihn nicht sehen, sehr wohl aber riechen! Das hatte er nicht bedacht.

Er ließ seine Unsichtbarkeit fallen, sie nützte ihm ohnehin nichts und kostete nur Kraft. Die Wölfe schienen hungrig zu sein und Arius sah keinen Ausweg. Er war zornig, dass ihm nichts einfallen wollte. Er durfte nicht scheitern, nicht jetzt, wo das Ende der Prüfungen nicht mehr weit entfernt lag. Die Wut über sich selbst und die Situation kochte in ihm hoch. Er hatte das Gefühl, als würde er von innen heraus brennen.

Doch plötzlich schreckten die Wölfe zurück. Sie sahen ihn angsterfüllt an und liefen schließlich davon. Arius sank zu Boden.

Was war da gerade passiert? Er fühlte sich völlig entkräftet; ihm war schrecklich heiß und Schweiß tropfte ihm von der Stirn. Arius konnte sich nicht erklären, warum die Wölfe plötzlich vor ihm Angst bekommen hatten.

Wenig später rappelte er sich auf und machte sich auf den Weg zu seiner Schwester.

Saria war fast schon am Ende der Höhle angekommen, als das Boot das erste Mal am Meeresboden scharrte. Oh nein, das Wasser war schon zu weit zurückgegangen! Saria war klar, sie musste die Flut zurückbringen, aber nicht zu schnell. Denn, wenn das Wasser zu schnell steigen würde, würde sie in der Höhle ertrinken.

Saria nahm einen der Anhänger in die Hand, es war der zunehmende Mond. Sie legte ihn in den Kompass und wie schon zuvor, fing sich die Kompass-Nadel an zu drehen. Diesmal etwas weniger schnell und im Uhrzeigersinn. Das Wasser begann zu steigen.

Saria hielt auf den Ausgang zu und hoffte das Beste. Kurz vor dem Höhlenausgang bemerkte sie etwas Metallisches in der Höhle. Es war die Truhe.

Saria fluchte. Nun musste sie stehen bleiben und die Truhe holen und das Wasser stieg erbarmungslos weiter.

An einem spitzen Stein, der aus dem Wasser ragte, band sie das Boot fest. Sie sprang ins Wasser und schwamm zur Truhe. Als sie zurück zum Boot sah, wusste sie, das würde knapp werden.

Die Truhe war schwer und zog Saria immer wieder unter Wasser. Zum Glück war es nur ein kurzer Weg und so schaffte sie es, die Truhe zum Boot zu bringen. Hustend und nach Luft schnappend, hob sie die Truhe an Bord. Als sie es endlich geschafft hatte, ruderte sie schleunigst Richtung Ausgang. Der Ausgang aber war inzwischen nur noch Bootshoch. Also ruderte Saria ein letztes, kräftiges Mal und legte sich flach auf den Schiffsboden. So schlitterte sie gerade noch rechtzeitig aus der Höhle hinaus, bevor sie komplett geflutet war. Geschafft, das war richtig knapp!

Saria schaute sich um und erblickte ihren Bruder, der gerade einen steinigen Pfad am Ufer herunterkletterte. Er setze sich neben Saria ins Boot. Der eine nass vom Schwitzen und die andere nass von ihrem Schwimmausflug.

„Du siehst aus, als hättest du einen Geist gesehen." Saria bemerkte, wie blass ihr Bruder war.

„Ich nicht. Aber vielleicht die Wölfe."

Saria verstand nicht. „Was meinst du damit?"

„Ach, vergiss es. Du hast die Truhe? Gut gemacht!"

Saria grinste. „Nicht nur das, ich bin nicht nur eine angehende Piratin, sondern auch noch eine Gezeitenwandlerin."

Arius staunte. „Der Kompass?"

„Ja, genau! Er funktioniert wirklich. Aber wie genau, erzähl ich dir später. Jetzt müssen wir erst einmal die Truhe zurück zu den anderen bringen."

So ruderten sie zurück zum Strand, wo bereits alle gespannt warteten.

KAPITEL XVI

Das wahre Gesicht der Feueraugen

Es war ein aufregender und seltsamer Tag gewesen und den Freunden war klar, dass sie sich in Ruhe aussprechen mussten. Beim Abendessen machten sie ein geheimes Treffen am Hafen von Calvaria aus.

Spät, es war schon finster, trafen sich die Kandidaten am vereinbarten Treffpunkt. Sie hatten alle zu verschiedenen Zeiten die Hallen verlassen, um nicht die Aufmerksamkeit der Feueraugen auf sich zu lenken.

Sie setzten sich ans Wasser und einer nach dem anderen erzählte von seiner Prüfung.

Als Saria an der Reihe war, erzählte sie, wie sie herausgefunden hatte, dass sie den Kompass mit dem Armband benutzen konnte und wie er dann sofort die Gezeiten beeinflusst hatte. Die übrigen Kandidaten staunten.

„Dass du das einfach so herausgefunden hast – wirklich beeindruckend. Dann ist das also wirklich ein Gezeitenwandler-Kompass?“ Tail war begeistert. „Aber das würde bedeuten, dass wir mit allem anderen auch recht hatten.“

Feather schaute nachdenklich. „Das ist nicht zwingend so, aber doch ziemlich wahrscheinlich. Wie war eigentlich deine Prüfung, Shadow, du hast noch nichts erzählt?“

„Eigentlich gibt es auch nicht so viel zu erzählen. Ich musste über diese Hochebene. Als ich dort ankam, wartete ein Rudel Wölfe auf mich. Natürlich wandte ich gleich meine besondere Fähigkeit an und machte mich unsichtbar, aber das hat nicht geholfen. Die Wölfe konnten mich wittern."

„Und wie bist du ihnen dann entkommen?" Tail war gespannt.

„Das weiß ich eigentlich auch nicht so recht. Die Wölfe hatten mich bereits eingekreist, innerlich hatte ich schon aufgegeben. Dann plötzlich sind sie aus irgendeinem Grund zurückgewichen und weggelaufen."

Feather schaute verwirrt. „Sehr seltsam. Und du hast wirklich nichts gemacht?"

Arius zuckte mit den Achseln. „Nicht, dass ich wüsste."

Plötzlich hörten sie Stimmen. Die Freunde konnten niemanden sehen – nur Ocean hatte sie entdeckt. Er zeigte in Richtung Markt, und da sahen es auch die anderen: die Feueraugen. Wieder einmal schlichen sie sich davon.

Arius sprang auf. „Wir müssen herausfinden, was sie vorhaben. Saria und ich verfolgen sie. Wenn wir uns unsichtbar machen, können sie uns nicht erwischen. Ihr kommt mit genügend Abstand nach. Okay?"

Die anderen nickten zustimmend.

Saria und Arius konzentrierten sich und sofort begannen sich ihre Umrisse aufzulösen. Kurze Zeit später waren sie vollkommen unsichtbar.

Sie beeilten sich, die Feueraugen einzuholen, aber anders als erwartet, schlichen sie nicht in die dunkle Gasse, sondern suchten sich einen abgelegenen Platz am Wasser. Es war eine große Plattform, die einem Sandstrand nachempfunden war.

Die Geschwister schlichen so weit sie konnten an die Zwillinge heran, um ihre Unterhaltung mithören zu können.

Darksoul sah sich um. „Die Luft ist rein. Es ist niemand weit und breit zu sehen. Wir sollten es schnell hinter uns bringen, damit wir nicht erwischt werden.“

Fireeye nickte und zog etwas aus ihrer Jackentasche. Zuerst konnten die Geschwister nicht erkennen, was es war, aber als das Mondlicht darauf fiel, war jeder Zweifel ausgeschlossen. Die Feueraugen hielten einen Gezeitenwandler-Kompass in Händen.

Gebannt starrten die Geschwister zu den Feueraugen-Zwillingen. Da merkten sie plötzlich, dass hinter ihnen jemand war. Erschrocken drehten sie sich um, aber es waren nur ihre Freunde, die sich hinter einem großen Stein versteckten. Hoffentlich würden die Feueraugen sie nicht bemerken, doch diese waren, wie es schien, zu sehr mit sich selbst und dem Kompass beschäftigt.

Saria entdeckte, dass Fireeye dasselbe Armband trug wie sie selbst. Das Feueraugen-Mädchen drückte einen der Anhänger in den Kompass und hielt ihn Richtung Meer.

Genau wie bei Saria dauerte es nicht lange und das Wasser wich zurück. Es war also tatsächlich ein Gezeitenwandler-Kompass – so wie ihrer. Ein kalter Schauer lief ihnen über den Rücken. Ein Gezeitenkompass in Händen von Feueraugen.

Tail, die das Schauspiel genau wie die anderen zum ersten Mal beobachtete, japste laut auf. Zu laut.

Darksoul fuhr aufgeregt herum. Seine Augen schienen zu glühen.

Fireeye nahm sofort den Anhänger aus der Vertiefung und steckte den Kompass weg. Genau wie ihr Bruder wandte sie sich mit glühenden Augen Richtung Geräusch.

„Kommt raus!“, rief sie, „wir wissen, dass ihr da seid.“

Was sollten sie tun? Weglaufen? Nein, das war auch nicht die Lösung. Arius war klar: nun war die Zeit der Antworten gekommen. Er stand auf und ließ seine Unsichtbarkeit fallen.

„Shadow!“, knurrte Darksoul, „natürlich du! Aber wo ein Trockenländer ist, ist die zweite nicht weit.“

Saria tat es ihrem Bruder gleich und stellte sich neben ihn.

„Wusste ich's doch! Dann fehlen die anderen sicher auch nicht.“

Da sie ihre Freunde nicht im Stich lassen wollten, kamen auch die übrigen Kandidaten hinter dem Stein hervor.

„Ach, ist das nicht niedlich! Sie haben zusammen einen Ausflug gemacht.“ Fireeyes ironische Bemerkung war schneidend und kalt.

„Haben euch eure Mütter nicht beigebracht, dass man fremde Leute nicht belauscht?“ Darksoul streckte seine Hände links und rechts von sich aus. Seine Handflächen zeigten nach oben und je eine kleine Flamme tanzte auf ihnen.

„Darksoul, lass das!“ Arius wollte die Feueraugen zur Vernunft bringen. „Wir sind nicht hier, um zu kämpfen.“

„Ach, nein?“, zischte Darksoul, „warum schleicht ihr uns dann nach? Warum beobachtet ihr uns andauernd? Besonders du, Shadow, mit dir stimmt doch was nicht!“

Arius wurde zornig. „Ihr seid es, mit denen etwas nicht stimmt! Ihr haltet euch doch immer von uns übrigen fern. Ihr habt Geheimnisse, könnt unmögliche Prüfungen bestehen und treibt euch in dunklen Gassen herum.“

Fireeye grinste höhnisch. „Also spioniert ihr uns wirklich nach. Oder wart ihr vielleicht aus einem anderen Grund in dieser Gasse?“

„Mist!“ Jetzt hatten sie sich verraten.

Es entstand eine seltsame Spannung. Alle wollten Antworten, aber keiner wollte welche geben.

„Schluss jetzt!“ Saria trat nach vorne. „So kommen wir nicht weiter. Jeder von uns will endlich wissen, was hier eigentlich los ist und ihr scheint einiges zu wissen. Wieso seid ihr Mitglieder beim *Inneren Kreis*? Und woher habt ihr diesen Kompass?“

Darksoul schien ehrlich erschrocken und ließ seine Hände sinken. Auch das Glühen in seinen Augen ließ nach. „Aber wir sind doch nicht Mitglieder des *Inneren Kreises*, wenn das jemand ist, dann seid ihr das!“

Nun war es Arius, aus dem es herausplatzte: „Wir würden niemals zum *Inneren Kreis* gehören, wir haben Stolz und Ehre! Davon verstehen Feueraugen natürlich nichts. Und ihr wart es, die dort ins Haus gegangen und mit einem Päckchen wieder herausgekommen seid.“

Darksoul raufte sich die Haare. „Ich glaube, wir haben mehr zu bereden als wir alle dachten.“ Er setzte sich hin und zum ersten Mal, seit die Völker im Hafen von Calvaria aufeinander getroffen waren, lag keine Feindseligkeit in seinen Augen.

Die Freunde setzten sich zu den Feueraugen, die mithilfe ihrer Fähigkeiten ein kleines Lagerfeuer machten. Die Kandidaten waren allesamt gespannt, was die vermeintlichen Verräter zu berichten hatten.

Darksoul atmete tief durch und begann zu erzählen. „Wir sind dieses Mal aus einem guten Grund bei der Kodex-Prüfung dabei. Unser Vater, Kapitän Firebeard, hatte erfahren, dass der *Innere Kreis* immer stärker wird. Er hat uns daraufhin diesen Kompass gegeben und nach Calvaria geschickt. Er hat dafür gesorgt, dass der

Innere Kreis glaubte, dass wir Mitglieder werden wollten, damit wir mehr Informationen erhalten konnten."

Feather unterbrach: „Das haben sie euch einfach so geglaubt?"

Darksoul grinste. „Es hat auch seine gute Seite, wenn man einen solch schlechten Ruf hat wie wir Feueraugen. Nur dass wir eigentlich keine Feueraugen sind."

Die Kandidaten starrten die Zwillinge ungläubig an.

Fireye gefiel es, dass die anderen wirklich so gar keine Ahnung hatten, trotzdem war es an der Zeit, reinen Tisch zu machen. „Wir sind keine Feueraugen, wir sind Elementarier."

„Das kann nicht sein!", platzte es aus Saria heraus.

Darksoul lachte. „Doch kann es wohl. Wir sind Elementarier und deshalb war die ‚unmögliche' Prüfung für uns auch gar nicht so unmöglich. Denn wir haben zum einen die Fähigkeiten der Feueraugen, das Feuer zu beschwören und Telepathie, und zum anderen die Fähigkeiten der Aquaticus, also unter Wasser zu atmen."

Das erklärte einiges. So war die Prüfung für die beiden natürlich ein Kinderspiel gewesen.

Darksoul redete weiter. „So konnten wir bei der Prüfung problemlos schwimmen und tauchen und durch unsere Telepathie hat mich meine Schwester sofort gefunden."

Tail war verblüfft. „Also hatten wir mit unserer ganzen Theorie recht, was den *Inneren Kreis*, die Gezeitenwandler und die Elementarier angeht."

„Nur nicht mit uns", fügte Fireeye hinzu und zum ersten Mal, seit die Kandidaten in Calvaria waren, lachten sie alle gemeinsam.

Da nun die Feueraugen so ehrlich waren, erzählten auch die übrigen Kandidaten alles, was sie erfahren hatten. Saria zeigte ihnen sogar ihren Kompass und erzählte, wie sie damit die Prüfung geschafft hatte.

Am Ende fiel Arius noch etwas ein. „Aber was habt ihr eigentlich damals aus dem Haus in der dunklen Gasse mitgenommen? Ihr hattet beim Herauskommen ein Päckchen dabei."

„Gut beobachtet", Darksoul zwinkerte ihm zu, „wir haben von unserem Vater zwar den Kompass bekommen, uns hatte aber das Armband gefehlt, das haben wir vom *Inneren Kreis* bekommen. Sie dachten, zwei Feueraugen mit einem Gezeitenwandler-Kompass wären dem *Inneren Kreis* sehr dienlich."

„Da fällt mir etwas ein", Arius dachte an seinen ersten Tag in Calvaria, „ich habe das Armband bei einer alten Dame auf dem Markt gekauft. Und wenn ich es mir recht überlege, war sie sehr darauf bedacht, dass ich das Armband nehme. Wer mag sie wohl gewesen sein?"

Auf diese Frage wusste keiner eine Antwort. Aber für heute hatten sie genug erfahren. Es war Zeit, zurück in die Hallen zu gehen, um am nächsten Tag den letzten Teil des Kodex zu erlernen: *Verteilung der Beute und Entschädigung.*

KAPITEL XVII

Enthüllungen bei großer Gefahr

Die vierte Lektion war recht trocken, aber zum Glück nicht sehr lang und umfangreich. Der Älteste, es war dieses Mal wieder der Wellenwanderer Ing, erklärte anschließend die Prüfung. „So, liebe Kandidaten, nun gilt es, die letzte Prüfung zu bestehen. Es wird euch freuen, dass diese nicht so schwer wird wie die vorangegangenen."

Ein anderer Pirat brachte nacheinander die fünf Schatztruhen herein, die sie in ihrer Prüfung *Einsatz von besonderen Fähigkeiten* gesucht hatten.

Ing zeigte auf die Truhen. „Dies hier ist eure Beute. Ihr habt sie alle rechtmäßig erworben. Jetzt gilt es, sie laut Kodex aufzuteilen. Solltet ihr dies schaffen, werdet ihr morgen zu rechtmäßigen Piraten ernannt."

Die Aufgabe war wirklich nicht schwer. Der Kapitän, also Ocean, bekam etwas mehr als die anderen. Da niemand bedeutend verletzt worden war, teilten sie den Rest gleichmäßig auf alle übrigen Kandidaten auf.

Der Älteste schien wunschlos. „Ihr habt die Aufgabe zu meiner Zufriedenheit bestanden. Es freut mich, euch mitteilen zu dürfen, dass ihr morgen bei der großen Abschlussfeier den Schwur auf den

Kodex sprechen dürft, und somit ab dem morgigen Tag vollwertige Piraten sein werdet!"

Die jungen Piraten jubelten. Sie hatten die Prüfung bestanden. Es war ein unglaubliches Gefühl. Von diesem Tag an würde ihr Leben voller Abenteuer sein. Auch, wenn sie wussten, dass sie noch zu wenig über den *Inneren Kreis* und allem Drumherum in Erfahrung gebracht hatten, so gönnten sie sich einen gemütlichen Abend im Gemeinschaftsraum, wo diesmal wirklich alle Kandidaten miteinander aßen, sprachen und feierten.

Erst spät, es war schon nach Mitternacht, gingen alle zufrieden ins Bett.

Kurz darauf, Arius war noch gar nicht eingeschlafen, hörten sie Schreie aus den Hallen unten.

„Was war das?", fragte Saria aufgeregt und hüpfte sofort aus dem Bett.

„Ich weiß es nicht, aber es klingt gar nicht gut." Arius rannte auf den Flur, auch Feather, Ocean, Tail und die Zwillinge waren bereits auf den Füßen.

„Was geht da unter vor sich?" Tail wirkte beunruhigt.

„Wir wissen es auch nicht. Aber wartet kurz hier, ich versuche etwas herauszufinden." Arius machte sich unsichtbar und schlich die Stufen hinunter. Lange musste er nicht suchen, denn in den Hallen war ein gewaltiger Kampf im Gange.

Vermummte Gestalten mit Kapuzen stürmten die Hallen von Calvaria, während die Piraten versuchten, sich zu verteidigen. Man hörte das metallische Schleifen von sich kreuzenden Säbeln.

Schnell lief Arius nach oben. „Holt eure Waffen, wir werden angegriffen!"

Saria schaute entsetzt aus dem Zimmer. „Ist das schon wieder eine Prüfung? Hatten wir das nicht schon mal?"

Arius schüttelte den Kopf. „Das ist keine Prüfung, glaub mir, das da unten ist bitterer Ernst."

Die Kandidaten kehrten zurück in ihre Zimmer, um sich zu bewaffnen und die Kompasse in Sicherheit zu bringen.

Als Saria gerade den Kompass holen wollte, hörten sie Schreie aus Feathers Zimmer. Arius wollte schon nach draußen stürmen, aber zwei vermummte Gestalten stellten sich ihm in den Weg.

Mit großen Dolchen betraten sie das Zimmer. Schnell machten sich die Geschwister unsichtbar.

Nun ertönte Kampfgeschrei aus allen Zimmern. Hoffentlich schafften es ihre Freunde, sich gegen diese grausamen Angreifer zu verteidigen!

Den Geschwistern war klar, dass sie raus aus dem Zimmer mussten. Aber die Angreifer versperrten die Tür, und das einzige Fenster war ein kleines Bullauge, wo keiner von ihnen durchpasste. „Du suchst!", knurrte einer der Angreifer, „ich knöpfe mir die beiden vor."

Arius und Saria fühlten sich gut getarnt und hofften, nicht zu schnell in einen Kampf verwickelt zu werden. Doch sie hatten sich getäuscht. Einer der Angreifer griff in einen Beutel und blies mit aller Kraft ein seltsames Pulver durch den Raum. Für einen kleinen Moment standen sie inmitten einer dunklen Staubwolke. Als sie sich gelegt hatte, sahen sie sofort, was das Pulver bewirkt hatte.

Überall an ihren Körpern hatte es sich angehaftet und so waren sie nun für den Vermummten leicht ausfindig zu machen.

Mit einem Satz kam er auf Arius zu und versetzte ihm einen

harten Schlag. Benommen fiel er zu Boden. Saria schrie auf. Was war hier los?

Zeitgleich hielt der andere Vermummte etwas in die Luft und schrie. „Ich hab ihn!“

„Dann hau ab, ich bringe das hier noch zu Ende.“

Während der eine Angreifer das Zimmer verließ, wandte sich der andere Saria zu. Sie wich zurück. Die Angst kroch ihr bis in die Knochen.

Mit einem kräftigen Stoß schleuderte der Angreifer Saria an die Wand. Er ging auf sie zu und hob seinen Dolch.

In diesem Moment kam Arius wieder zu Bewusstsein und sah, wie aussichtslos die Lage seiner Schwester war.

„Halt!“, schrie er und war so schnell er konnte wieder auf den Beinen. Er fühlte sich noch etwas benommen. Der Vermummte drehte sich zu Arius um, ließ aber nicht von Saria ab. „Ach. Was will denn der arme Trockenländer jetzt machen? Deine Tricks helfen dir jetzt auch nicht mehr weiter.“ Er setzte den Dolch an Sarias Hals.

Arius fing an, innerlich zu kochen. Die Wut, die er auf diesen Angreifer verspürte, schien ihn fast zu verbrennen. Immer mehr Hitze stieg in ihm auf und plötzlich passierte es: Arius spürte das Feuer, das durch seine Adern floss und schließlich wie zwei große Fontänen aus seinen Händen schoss.

Der Feuerstrahl traf den Angreifer völlig unerwartet in den Rücken. Schreiend fiel er zu Boden.

Aber bevor ihn die Piraten in Gefangenschaft nehmen konnten, machte er sich unsichtbar und verschwand. Der Angreifer war also ein Trockenländer gewesen und hatte sich deshalb so gut mit ihren Fähigkeiten ausgekannt. Arius sank ungläubig und entkräftet auf die Knie. War das eben wirklich passiert? Oder hatte er sich das alles nur eingebildet?

Die Ältesten kamen und gaben Entwarnung. Alle Angreifer waren verschwunden und keiner der frisch gebackenen Piraten hatte sich ernsthaft verletzt.

Die übrigen Kandidaten stürmten in das Zimmer der Geschwister. Tail lief zu Arius als sie sah, dass er nicht ganz bei sich war. „Ist bei euch alles in Ordnung? Was war das überhaupt?"

Saria rieb sich den Hals. „Soweit alles gut. Aber", sie ging zu ihrem Bett, „sie haben den Kompass."

„Was?" Feather war bestürzt. Er drehte sich zu den Zwillingen. „Und ihr? Habt ihr euren Kompass noch?"

Die Zwillinge nickten, zum Glück hatten sie es geschafft, ihren Kompass zu behalten.

Darksoul dachte kurz nach. „Das war sicher der *Innere Kreis*. Deshalb haben sie auch nur euren Kompass mitgenommen. Sie dachten, wir wären auf ihrer Seite."

Das ergab Sinn. Arius aber beschäftigten ganz andere Gedanken. Was war da vorhin passiert? Warum hatte er es geschafft, einen Feuerstrahl heraufzubeschwören?

Saria sah ihren Bruder an. Sie wusste, das, was da gerade passiert war, musste sie mit ihrem Bruder alleine besprechen. Und so wartete sie, bis alle wieder in ihren Betten waren – müde und erschüttert von dem brutalen Angriff.

„Arius, ich weiß nicht, ob du schon so weit bist, aber möchtest du über das reden, was vorhin passiert ist?" Saria versuchte vorsichtig zu sein, um ihren Bruder nicht gleich zu verschrecken.

Lange sagte Arius nichts. Saria glaubte schon, er wäre eingeschlafen, als er plötzlich doch noch sprach. „Ich wusste nicht, dass ich das kann.“

„Das glaub ich dir, Bruder.“

„Ich meine, ich hab schon länger geahnt, dass etwas mit mir nicht stimmt. Dass ich anders bin, aber so anders … jetzt macht auch so vieles Sinn, was ich in letzter Zeit nicht verstanden habe.“

Saria drehte sich neugierig zu ihrem Bruder. „Wie meinst du das?“

„Saria, verstehst du nicht? Ich bin Elementarier! Ich beherrsche Fähigkeiten der Trockenländer *und* Fähigkeiten der Feueraugen. Deshalb sind mir in letzter Zeit auch so seltsame Dinge passiert. Zuerst die Reise durch die Wüste. Die Dünen haben uns angegriffen, weil sie den Feueraugenteil in mir gespürt haben. Dann habe ich andauernd Stimmen gehört. Das waren die telepathischen Unterhaltungen zwischen Darksoul und Fireeye. Deshalb wusste ich auch während ihrer Prüfung, dass sie okay waren. Und dann waren da auch noch die Wölfe. Als sie mich angriffen, stieg eine brennende Hitze in mir auf. Ich wette, sie haben das Feuer in meinen Augen gesehen.“

Saria staunte. So war das also. „Aber was ist mit mir? Bin ich dann auch Elementarierin?“

„Das ist eine gute Frage. Kann sein, vielleicht, vielleicht aber auch nicht. Ich hätte nie bemerkt, dass Mutter besondere Fähigkeiten hätte, und über Vater wissen wir nichts. Also, wer weiß?“

Arius wollte nicht mehr reden, zu viel ging ihm durch den Kopf. In dieser kurzen Zeit in Calvaria hatte sich sein ganzes Leben auf den Kopf gestellt. Jetzt wollte er nicht mehr darüber nachdenken. Er wollte einfach schlafen und morgen endlich den Schwur auf den Kodex leisten.

KAPITEL XVIII

Endlich Pirat

Am Morgen war die Stimmung trotz des nächtlichen Angriffs gut. Die Kandidaten freuten sich auf die Feier und besonders darauf, endlich richtige Piraten zu sein.

Nach dem Frühstück gingen sie zusammen zum Hafen, denn in Kürze sollten die Schiffe ihrer Völker eintreffen.

Arius schaute betreten und nach längerem Zögern rückte er doch noch mit seinen Gedanken heraus. „Ich muss euch etwas erzählen. Gestern bei dem Angriff habe ich einen der Vermummten mit einem Feuerstrahl abgewehrt. Ich glaube, ich bin auch Elementarier."

Den Freunden klappten die Kinnladen herunter, aber bevor sie antworten konnten, tauchte die *Balaena,* das Schiff der Aquaticus, im Hafen auf. Fast zeitgleich erschien das Luftschiff der Windisch am Himmel.

Im Trubel und Gewimmel der Piraten ging das Gespräch unter, das sie eigentlich alle gerne geführt hätten.

Tail und Feather wollten schon losgehen, um ihre Kapitäne zu begrüßen, da hielt Arius sie noch kurz zurück. „Hört zu, wir sollten vorerst die Dinge, die wir herausgefunden haben, für uns behalten. Falls ihr Nachforschungen anstellt, versucht, nicht zu viel zu verraten."

Die Freunde waren einverstanden, schließlich konnte man nie wissen, wer genau zum *Inneren Kreis* gehörte.

Lange dauerte es nicht, da trafen auch die *Fortune* der Wellenwanderer, die *Flame* der Feueraugen sowie die *Terrana* ein.

Arius und Saria liefen zu ihrem Schiff, die Crew rief ihnen bereits von Weitem „Ad solem" zu und begrüßte die beiden herzlich.

Kapitän Invisible Jack stand strahlend an Deck. „Ich wusste doch, dass ihr eure Sache gut machen würdet. Ich freue mich, dass ihr den Trockenländern alle Ehre gemacht habt."

Saria fiel ihm um den Hals. „Onkel! Wie schön dich zu sehen!" Auch Arius begrüßte seinen Onkel, allerdings etwas weniger stürmisch.

Viel Zeit für die Wiedersehensfreude blieb ihnen allerdings nicht, denn in Kürze würde die Abschlussfeier beginnen.

Wie bereits an ihrem ersten Tag, versammelten sich die Kandidaten an der großen Treppe vor den Hallen von Calvaria. Gefolgt von ihren Stämmen und mit ihren Flaggen in der Hand zogen sie in die Hallen ein.

Auch wenn es dasselbe Ritual war wie bei ihrer Ankunft, fühlte es sich dieses Mal völlig anders an. Die Kandidaten hatten in den vergangenen Tagen so viel erlebt – sie hatten Abenteuer bestanden, Freunde gefunden und aus vermeintlichen Feinden wurden Verbündete. Sie wussten, dass sie alle einen großen Schritt in ihrem Leben gemacht haben, aber zugleich war ihnen auch bewusst, dass noch sehr viel vor ihnen lag.

Die Kandidaten traten nach vorne, wo bereits die Ältesten auf sie warteten. Aethel, die Aquaticus-Älteste, ergriff das Wort. „Herzlich willkommen, Stämme von Calvaria! Wir sind heute hier zusammengekommen, um diese jungen Piraten zu feiern. Sobald sie ihren Schwur geleistet haben, werden sie alle Rechte und Pflichten eines vollwertigen Piraten innehaben."

Die Älteste ging einen Schritt nach vorne, wo bereits ein Tisch aufgebaut war. Ein Pirat trug ein großes schweres Buch herein. Es war aus braunem Leder und schien sehr alt zu sein. Es war der Piraten-Kodex, die erste handgeschriebene Ausgabe. Er legte es auf den Tisch in der Mitte.

Aethel forderte die Kandidaten auf, nach vorne an den Tisch zu treten. „Nun streckt die rechte Hand über den Kodex aus und sprecht mir nach: ‚Ich schwöre, den Kodex zu achten und nach seinem Leitsatz zu handeln, so wahr ich ein Pirat von Calvaria bin!'"

Die Kandidaten streckten ihre rechte Hand aus und zusammen sprachen sie im feierlichen Ton den Schwur: „Ich schwöre, den Kodex zu achten und nach seinem Leitsatz zu handeln, so wahr ich ein Pirat von Calvaria bin!"

Sogleich ertönte großes Jubelgeschrei. Von nun an galten die Sieben als vollwertige Piraten von Calvaria.

Zum Abschluss der Zeremonie überreichten ihnen die Ältesten noch je eine Piratenflagge, die sie unterhalb ihrer Stammesflagge an die Stäbe hängen konnten.

Nachdem die offizielle Veranstaltung beendet war, begann der gemütliche Teil. Alle Piratenstämme nahmen zusammen ein großes Mahl ein. Dabei wurde erzählt, gelacht und natürlich, wie es sich für einen Piraten gehört, maßlos übertrieben.

Nach einer Weile versuchte Arius mit seinen Freunden Augenkontakt herzustellen und gab ihnen zu verstehen, dass sie sich oben im Gemeinschaftsraum treffen sollten. Die meisten seiner Freunde waren ganz in seiner Nähe und deshalb verstanden sie sofort, was Arius von ihnen wollte. Nur die Feueraugen, saßen wie gewöhnlich etwas abseits der anderen. Arius aber hatte eine Idee. Dies war die Chance, seine Theorie zu erproben. Er schloss seine Augen und konzentrierte sich auf Darksoul und Fireeye. Telepathisch teilte er ihnen mit, dass sie sich oben treffen wollten. Und tatsächlich – als er die Augen öffnete und zu ihnen hinübersah, nickten sie ihm zu.

Schon bald traf einer nach dem anderen im Gemeinschaftsraum ein.

Feather schien am aufgeregtesten. „Also, Shadow, jetzt mal raus mit der Sprache! Wie war das? Du bist auch Elementarier?"

Daraufhin erzählte Arius ihnen alles, was er wusste. Von der Wüste, über die Wölfe bis hin zum nächtlichen Angriff.

Tail staunte. „Unglaublich. Jetzt haben wir hier schon drei Elementarier, ein Volk, von dem wir bis vor ein paar Tagen noch nicht einmal gewusst haben, dass es existiert."

Ocean hatte sich einen Zettel herausgenommen und schrieb seine Gedanken auf. Wie gewöhnlich reichte er ihn anschließend Arius, damit er ihn vorlas.

„Ich bin der Meinung, dass wir hier noch nicht fertig sind. Vor allem, da wir jetzt mit Sicherheit wissen, dass der *Innere Kreis* den Gezeitenwandler-Kompass von Saria hat."

Saria schaute Ocean verwirrt an. „Was meinst du damit? Was sollen wir jetzt tun? Die Prüfungen sind vorüber und wir fahren morgen alle wieder zu unseren Völkern zurück."

Schnell schrieb Ocean die nächsten Zeilen aufs Papier und Arius las vor.

„Wir müssen nicht zurück zu unseren Völkern. Wir haben bei den Prüfungen alle gute Beute gemacht. Wenn wir die zusammenlegen, können wir uns ein Schiff kaufen und damit dem Rätsel auf die Spur gehen."

Die Freunde waren einen Moment lang etwas erschrocken, auf diese Idee waren sie noch nicht gekommen.

Darksoul ergriff als Erstes das Wort. „Ich finde, Ocean hat recht. Wenn wir uns zusammentun, vereinen wir die Kräfte aller Stämme, so haben wir am ehesten eine Chance gegen den *Inneren Kreis*."

Arius nickte. „Ich bin dabei, es wird Zeit, dass wir unseren eigenen Weg einschlagen. Was ist mit euch?"

Auch die Mädchen und Feather nickten. Es war also beschlossene Sache: sie würden nicht mit den anderen nach Hause zurückkehren. Ein beängstigendes und beglückendes Gefühl in einem.

KAPITEL XIX

Elementia

Früh im Morgengrauen gingen die Freunde zum Hafen, um sich nach einem Schiff umzusehen. Die Sonne wärmte bereits und der Duft von Salz und Abenteuer lag in der Luft.

Es waren viele Schiffe im Hafen, aber nur wenige schienen zum Verkauf zu stehen. Etwas abseits, an einem kleinen Steg, lag ein Segelschiff. Es war nicht besonders groß, schien aber eine schnittige Form zu haben.

Die jungen Piraten gingen darauf zu, um es sich näher anzusehen, da hörten sie plötzlich eine Stimme. „Auch wenn man es nicht meinen mag, das ist ein ganz besonderes Schiff."

Die Freunde drehten sich um, und eine alte Frau stand hinter ihnen. „Es wirkt vielleicht unscheinbar, aber es ist schnell und robust. Interesse?" Die Frau kam Arius irgendwie bekannt vor.

Natürlich waren die Freunde interessiert, aber zuerst sahen sie sich das Schiff genauestens an.

Wie die alte Frau gesagt hatte, machte es einen guten Eindruck und für eine kleine Crew, wie sie es waren, reichte es vollkommen aus.

„Was meint ihr?" fragte Arius die anderen. Ocean der am meisten vom Schiffbau verstand, nickte. Auch auf die anderen machte es einen guten Eindruck. Als sie noch einen letzten Rundgang machten, blieb Saria plötzlich wie angewurzelt stehen. „Habt ihr das gesehen?"

Die anderen kamen angerannt. „Was ist?"

„Da, der Name des Schiffs!"

Die anderen bückten sich über die Reling, um den Namen zu lesen. Und da stand er, die Farbe war schon etwas abgeblättert, aber immer noch gut zu lesen: *Elementia*.

Tail schnaubte laut aus. „Wenn das kein Zeichen ist. Wir kaufen das Schiff."

Zusammen gingen sie zur alten Frau, um mit ihr den Preis zu verhandeln. Es war keine lange Verhandlung, denn der Preis, den die Alte verlangte, war fair und deshalb wurden sie sich schnell einig.

Kaum hatten sie den Verkauf abgeschlossen, schien die alte Frau wie vom Erdboden verschwunden.

„Sehr seltsam", bemerkte Saria und da verstand Arius, an wen ihn die alte Frau erinnert hatte. „Jetzt fällt es mir wieder ein. Das war dieselbe Frau, die mir Sarias Armband verkauft hat. Ich glaube, wir haben uns für das richtige Boot entschieden."

Die Freunde gingen zu den anderen Schiffen, um sich von ihren Kapitänen und ihren alten Crews zu verabschieden.

„Seid ihr euch auch sicher?" Invisible Jack schien nicht besonders überzeugt von der Idee, dass seine jüngsten Piraten alleine übers Meer ziehen wollten.

„Ja, Onkel. Wir sind uns sicher. Wir sind dir für alles dankbar, aber nun müssen wir unseren eigenen Weg gehen." Arius schüttelte dem Kapitän die Hand.

Auch Saria verabschiedete sich. „Bitte sag Mama, dass es uns gut geht und dass wir bald nach Hause kommen, um sie zu besuchen."

Dann verließen sie, unter den „Ad-solem"-Rufen der Crew, die *Terrana*.

Auch die anderen verabschiedeten sich von ihren Völkern. Diese waren zwar alle nicht so recht begeistert, denn so etwas hatte es noch nie gegeben, eine Crew mit Mitgliedern aller Völker auf einem Schiff, trotzdem ließen sie die jungen Piraten ihrer Wege gehen.

Wenige Stunden später standen die Freunde samt Vorräten an Deck der *Elementia*.

„Wie geht's jetzt eigentlich weiter? Ich meine, wer ist eigentlich der Kapitän der *Elementia*?" Tail schaute in die Runde.

Arius ergriff das Wort. „Ich denke, wir sollten es so halten, wie bereits in den vergangenen Tagen. Ich finde Ocean hat sich als Kapitän bewährt. Manchmal ist es besser, mehr zu denken als zu reden."

„Dann sag ich mal: ein Hoch auf den Kapitän!" Saria hob den Arm und die anderen taten es ihr gleich.

Nur eine Stunde später segelte die *Elementia* hinaus aufs Meer. An ihrem Fahnenmast hingen die Flaggen aller Völker von Calvaria und natürlich die schwarze Flagge mit dem Totenkopf.

Arius und Saria standen am Bug und blickten aufs Meer. Was würde da draußen noch auf sie warten? Was hatte der *Innere Kreis* vor? Und wer war die alte Frau, die ihnen irgendwie immer zu helfen schien?

Die Geschwister kannten die Antworten noch nicht, aber in einem waren sie sich sicher: zusammen mit ihren neuen Freunden würden sie die Antworten finden.

ELEMENTIA

TEIL II

DAS MAGISCHE LOGBUCH

KAPITEL I

Das verborgene Logbuch

Seit zwei Tagen war nun diese ungewöhnliche Crew schon auf Fahrt. Ein richtiges Ziel hatten sie noch nicht, auch wenn sie genau wussten, was ihre Aufgabe war. Auf dem Schiff herrschte die beklemmende Stimmung junger Piraten, die wussten, dass schwierige Zeiten vor ihnen lagen.

Jeder der Sieben versuchte auf seine Weise, dem Geheimnis des *Inneren Kreises* auf die Spur zu kommen.

Ocean, als Kapitän, versuchte die Stimmung hoffnungsvoll zu halten und lies seiner Crew genügend Freiraum, ihre besonderen Fähigkeiten einzusetzen.

So schwamm Tail täglich ihre Runden durch den Ozean, um dort nach Hinweisen zu suchen. Auch die versunkene Bibliothek besuchte sie regelmäßig und durchforstete sie nach möglichen Informationen.

Die Zwillinge hörten die Gedanken ihres Volkes ab, was ihnen aber von Tag zu Tag schwerer fiel. Denn nur Mitglieder einer Crew konnten und sehr talentierte Feueraugen sich problemlos untereinander durch Telepathie verständigen, und da sie nun Teil einer neuen Crew waren, wurde die Verbindung zu ihrem Volk immer schwächer.

Feather nutze seine Flügel und überflog die Meere von Calvaria. So konnte er nicht nur nach Hinweisen Ausschau halten, er konnte auch frühzeitig vor anderen Schiffen warnen.

Arius war viel unter Deck. Ihn beschäftigte so vieles. Es waren nicht nur die unglaublichen Dinge rund um den *Inneren Kreis* und die Gezeitenwandler, es war vor allem auch die Frage nach dem „Wer bin ich eigentlich?“. Seit er herausgefunden hatte, dass er kein Trockenländer, sondern Elementarier war, hatte er das Gefühl, sich selbst nicht mehr zu kennen.

Saria hingegen nahm alles locker wie gewohnt. Zwar war auch sie beunruhigt, doch war sie vor allem gespannt und voller Abenteuerlust. Dass ihr Bruder plötzlich Elementarier war, fand sie gar nicht so schlimm, aber sie fragte sich, ob wohl auch in ihr mehr steckte als bisher gedacht.

Am Abend trafen sich die Piraten an Deck, um sich auszutauschen und Pläne zu schmieden.

„Langsam sollten wir mal etwas unternehmen. Das ziellose Herumsegeln wird uns auch nicht weiterbringen.“ Feather schien genervt und mutlos.

Arius las wie gewohnt den Zettel von Ocean vor: „Crew, lasst euch nicht entmutigen! Wir haben in kurzer Zeit schon so vieles herausgefunden. Was uns jetzt fehlt, ist ein kleines bisschen Glück, um die nächste Spur zu finden.“

Arius nickte. „Ich finde, Ocean hat recht. So schnell dürfen wir nicht aufgeben. Aber vielleicht sollten wir nicht nur auf Glück warten, sondern systematisch unsere Heimathäfen anfahren, um dort nach Hinweisen zu suchen.“

Tail überlegte. „Das könnte eine Idee sein, aber es könnte sich auch schwierig gestalten. Ich glaube nicht, dass sich zum Beispiel die Windisch oder Trockenländer auf einen Besuch von Feueraugen freuen würden."

Da könnte Tail nicht ganz Unrecht haben, denn außerhalb der Hallen von Calvaria, waren die Treffen der Piratenvölker meist nicht allzu friedlicher Art. Besonders eine Begegnung mit den Feueraugen hatte meist keinen guten Ausgang.

Saria gähnte und streckte sich. „Ich glaube, das Problem lösen wir heute nicht mehr. Ich bin hundemüde, ich haue mich in die Hängematte."

So gingen alle unverrichteter Dinge in ihre Kajüten. Außer Arius, er ging zurück an Deck. Er hielt die erste Wache und liebte es alleine unter freiem Sternenhimmel dahinzusegeln.

Saria legte sich in ihre Hängematte. Eigentlich war sie gar nicht so müde, wie sie gesagt hatte. Aber sie hatte es satt, immerzu von denselben Dingen zu sprechen. Sie war da ganz anders als Arius. Ihr Bruder musste immer alles bis ins letzte Detail durchdenken und manchmal auch zerdenken. Sie packte die Sachen lieber an. Lieber einen Fehler machen, als gar nicht voranzukommen. Auch jetzt wollte sie nicht wie Ocean auf Glück warten, sie wollte handeln.

Genervt stieß sie mit ihrem Bein gegen die Bootswand. Die Wut in ihr wurde größer, und als sie zum dritten Mal gegen die Wand stieß, krachte es.

Es hörte sich an, als wäre Holz zerborsten und etwas zu Boden gefallen.

„Zum verflixten Hering!" Schnell zündete Saria eine Kerze an, um zu sehen, wie groß der Schaden war, den sie angerichtet hatte.

Glücklicherweise schien die Wand noch heil. Das zerborstene

Holz war wie eine zweite Lage über der eigentlichen Wand vernagelt gewesen.

„Seltsam …“ Saria untersuchte die Stelle und verstand nicht, warum jemand ein paar Bretter vor eine heile Schiffswand nageln sollte.

Plötzlich stieß sie mit dem Fuß gegen einen Gegenstand auf dem Boden. Richtig, es hatte sich angehört, als wäre etwas zu Boden gefallen.

Saria bückte sich. Im schwachen Licht der Kerze fand sie etwas Schwarzes unter den Holzsplittern.

Vorsichtig hob sie es auf und ging damit an einen kleinen Tisch, wo noch andere Kerzen standen. Sie zündete sie an und untersuchte das Gefundene.

Es war ein kleines, schwarzes Buch. Auf dem Umschlag, in Leder geprägt, stand: *Logbuch der Elementia*.

Sarias Herz fing an zu klopfen. Das musste ein besonderes Buch sein, sonst hätte sich jemand nicht die Mühe gemacht, es zu verstecken. Bevor sie das Lederband öffnete, mit dem das Buch zugeknöpft war, fuhr sie mit den Fingern über die eingeprägten Buchstaben. Voller Spannung schlug sie es auf. Aber was war das? Das Buch war vollkommen leer! Saria konnte es nicht glauben und blätterte alle Seiten durch. Doch wie sehr sie auch suchte, sie fand keinen einzigen Eintrag.

„Das glaube ich nicht! Ein Logbuch ohne Eintrag, so was gibt es doch gar nicht! Wer würde schon ein leeres Buch verstecken?“

Wütend pfefferte sie das enttäuschende Buch auf den Tisch. Während sie grübelnd auf und ab lief, fiel ihr plötzlich eine Aufschrift auf der Rückseite des Buchs auf.

Saria nahm das Buch wieder zur Hand und las laut vor: „Wer weiß, was war und könnte sein, der hat die Macht, die Welt zu verändern." Na Logo! Sie verdrehte die Augen. „So eine Aufschrift auf einem leeren Buch ist wirklich sehr interessant", dachte Saria.

Eigentlich hatte sie genug von dem Buch und wollte es wieder wegpacken, doch eine Stimme tief in ihr drinnen sagte ihr, sie sollte es noch einmal öffnen.

Also öffnete sie das Buch und fand wieder die leeren Seiten. „Ach, komm schon!", brüllte sie das Buch an, und da passierte es: Vor ihren Augen erschienen Buchstaben auf dem Papier. Buchstabe um Buchstabe füllte sich das Blatt.

Saria lief ein wohliger Schauer über den Rücken, denn nicht nur, dass das Logbuch Buchstaben erscheinen ließ, die Handschrift war verschnörkelt und krakelig, so wie heute kaum mehr jemand schreiben würde.

Sie rückte näher an eine Kerze und begann zu lesen.

Logbucheintrag, Dienstag, 3. Juli.

Was für ein Zufall! Auch morgen war Dienstag, der 3. Juli, stellte Saria fest. Gespannt las sie weiter:

Die Elementia segelte heute unruhig. Ein starker Sturm und anhaltender Regen machten uns die Fahrt schwer. In der Ferne konnten wir ein Schiff ausmachen. Der Kapitän gab den Befehl, zum Schiff zu segeln, um zu sehen, unter welcher Flagge es unterwegs war. Dies stellte sich als Fehler heraus. Es handelte sich um eine Gruppe Feueraugen, die die Gelegenheit sofort ergriff und uns überfiel. Zum Glück blieb die Mannschaft unverletzt, jedoch haben die Angreifer alles gestohlen, was sie auf dem Boot vorfanden, womit nun auch der Gezeitenkompass der Zwillinge weg ist. Vielleicht hätten wir mehr auf diesen kostbaren Gegenstand Acht geben sollen! Der morgige Eintrag wird hoffentlich erfreulicher.

Saria blickte verstört vom Buch auf. Noch so ein Zufall! Hatte es schon einmal Zwillinge mit einem Kompass auf diesem Schiff gegeben? Das war wirklich seltsam. Sie schloss das Buch und entschied, vorerst niemandem von ihrer Entdeckung zu erzählen. Zuerst wollte sie herausfinden, was es eigentlich mit diesem magischen Eintrag auf sich hatte.

KAPITEL II

Heute wie Gestern

Am nächsten Morgen erwartete die Crew kein allzu gutes Wetter. Die See war unruhig, die Wellen hoch und Regen peitschte gnadenlos auf die *Elementia* nieder. Das laute Rauschen des Regens zwang die Piraten, sich gegenseitig anzuschreien, um sich verständigen zu können.

Feather und Tail verzichteten auf ihren täglichen Ausflug und unterstützten die anderen auf dem Schiff.

„Mistwetter! Ich bin durchgeweicht wie ein nasser Schwamm!" Tail wrang sich die Haare aus.

Saria grinste. „Gerade du beschwerst dich? Unter Wasser ist es dir auch nicht zu nass! Was meinst du, wie das erst für eine Trockenländerin ist?"

Tail schaute verschnupft. „Regenwasser ist etwas ganz anderes als Meerwasser! Du vergleichst ja Wüstensand auch nicht mit Dreck, oder?"

Da musste Saria lachen.

„Shadow, heute wäre ein guter Tag zum Üben." Darksoul hatte Arius versprochen, mit ihm an seinen Feueraugen-Fähigkeiten zu arbeiten.

„Ja, zumindest kannst du heute nicht so schnell was abfackeln." Fireeye grinste und Arius schaute verlegen zur Seite. Das letzte Mal, als er mit den Zwillingen geübt hatte, wäre fast die *Elementia* in Rauch aufgegangen.

So suchten sich die drei einen geeigneten Platz an Deck, um Arius beim Erlernen der Kontrolle seiner Kräfte zu helfen.

Darksoul konzentrierte sich und ließ auf beiden seiner Handflächen kleine Flammen tanzen. „Das Wichtigste ist, dass du immer fokussiert bleibst. Mit der Zeit wirst du eins mit deinem Feuer. Wenn du aber mit den Gedanken abschweifst, kannst du deine Kräfte nicht mehr kontrollieren."

Arius nickte. Er atmete tief durch und versuchte, sich zu konzentrieren. Langsam spürte er die Hitze, die ihn durchströmte und Richtung seiner Handflächen floss. Zuerst sah man nur einen kleinen Funken, dann aber tanzten, wie zuvor bei Darksoul, zwei kleine Flammen über seinen Händen.

„Cool! Du kannst es, Arius!" Saria juchzte auf und klatschte in die Hände.

Das war aber keine gute Idee gewesen, denn diese kleine Ablenkung war bereits genug, dass Arius seine Konzentration verlor.

„Achtung!", konnte Fireeye gerade noch rufen, da flog ein riesiger Feuerball quer durch das Schiff. Nur wenige Zentimeter von Feather entfernt schlug das Feuer ein.

„Zum verkohlten Klabauter! Wollt ihr mich grillen?"

Dank des anhaltenden Regens erlosch das Feuer augenblicklich. Das war noch einmal gut gegangen.

„Ich glaube, wir lassen das für heute." Arius ärgerte sich. Er war ungeduldig und unzufrieden. Er musste einfach besser mit seinen neuen Fähigkeiten zurechtkommen, aber es wollte ihm nicht so einfach gelingen.

Saria, die trotz des Wetters in den Ausguck musste, machte in der Ferne etwas aus. „Schiff in Sicht!“

Der Kapitän wollte wissen, um was für ein Schiff es sich handelte, aber Saria konnte es wegen des schlechten Wetters nicht erkennen.

Arius las der Crew die Befehle Oceans vor: „Kurs Nord-Ost. Wir nähern uns dem Schiff, um zu sehen, mit wem wir es zu tun haben.“

Die jungen Piraten begaben sich auf ihre Positionen und änderten den Kurs.

Saria hatte irgendwie ein schlechtes Gefühl dabei.

Gezielt segelten die Piraten auf das unbekannte Schiff zu. Plötzlich machte dieses eine Wende und kam der *Elementia* gefährlich schnell entgegen.

Saria erschrak, sie konnte nun die Fahne erkennen, unter welches das Schiff segelte. „Kapitän, es sind Feueraugen!“

Das war keine gute Nachricht. Sofort gab Ocean die Befehle, kehrtzumachen, aber es war zu spät. Die Feueraugen hatten sie bereits erreicht. Unter furchtbarem Grölen enterten sie das Schiff. Die Kandidaten erinnerten sich an ihre Prüfung in *Feindlicher Angriff und das Ausspracherecht* und nahmen blitzschnell ihre Kampfpositionen ein.

Zirka ein Dutzend Feueraugen sprangen fast zeitgleich aufs Deck der *Elementia.* Feather öffnete seine Schwingen und setzte sich über die Feinde hinweg. Gleich beim ersten Mal gelang es ihm, einen von ihnen zu schnappen und im Flug über die Reling zu werfen. Er machte kehrt und flog auf den nächsten zu.

„Aufpassen!", schrie Tail. Ein anderer Angreifer schoss einen Feuerball Richtung Feather. Gerade noch rechtzeitig wich er dem Geschoss durch ein gefährliches Flugmanöver aus. Dadurch geriet er jedoch ins Straucheln und krachte mit voller Wucht in die Kajütentür.

Saria und Arius nutzten ihre Trockenländer-Fähigkeit und machten sich unsichtbar. So konnten sie ungesehen einige der Angreifer überwältigen. Doch mit jedem niedergerungenen Feuerauge kamen zwei neue nach.

Ocean und Tail kämpften mit ihren weltlichen Waffen. Auch wenn beide sehr gut mit Schwert und Säbel umgehen konnten, so waren sie gegen die Feuerangriffe schlichtweg machtlos. So fielen die beiden als erstes in die Hände der Feueraugen.

Als Darksoul und Fireeye den Angriff mit Feuer zu beantworten begannen, waren die Feueraugen kurz verwirrt. Sie verstanden nicht, warum sich Feueraugen auf diesem Schiff befanden. Erst jetzt bemerkten sie, dass das Schiff unter allen Fahnen von Calvaria segelte. Das musste also ein besonderes Schiff sein. Vielleicht fanden sie hier also auch einen besonderen Schatz?

Der telepathischen Fähigkeit der Angreifer wegen, erfuhr die gegnerische Kapitänin sofort von der Anwesenheit anderer Feueraugen. Kurz darauf stand sie an Deck der *Elementia*.

Die Kapitänin der Feueraugen war wie gewohnt in Schwarz gekleidet und auch ihre Haare und Augen waren wie bei den Zwillingen rot. Nur ihre Haut war auffallend hell und sie hatte ein Wundmal im Gesicht, welches nach einer Verbrennung aussah.

Mit schneidender Stimme schrie sie gegen den Regen an: „Das Schiff plündern. Ihr da, haltet die Crew in Schach!"

Da es an Bord der *Elementia* nur so von Feueraugen wimmelte, mussten sich die jungen Piraten ergeben.

Mit den paar Habseligkeiten, die sie auf dem Schiff fanden, kamen die Angreifer kopfschüttelnd zurück zu ihrer Kapitänin.

„Das soll alles sein? Das kann ich nicht glauben!“ Sie ging mit funkelnden Augen auf die Crew zu, welche durch zwanzig Feueraugen in Schach gehalten wurde. Einem nach dem anderen schaute sie in die Augen. „Was versteckt ihr?“

Saria musste sofort an ihr Armband und an das Logbuch denken, verzog aber keine Miene dabei. Auch Darksoul und Fireeye mussten an ihren wertvollsten Schatz denken. Doch dies blieb dank der telepathischen Fähigkeiten der Feueraugen nicht unbemerkt.

„Ein Gezeitenkompass!“ Die Augen der fremden Kapitänin funkelten noch glühender auf. „Schnell durchsucht die Kajüten und bringt mir den Kompass, den sie versteckt halten!“

Lange mussten sie nicht suchen, denn die Zwillinge hatten den Kompass nicht einmal versteckt.

Die Anführerin lächelte eiskalt. „Vielen Dank, ihr Lieben! Es war mir eine Ehre.“ Sie verließ die *Elementia* und erteilte noch ihren letzten Befehl: „Abfackeln!“

Während die feindliche Crew das Schiff verließ, beschossen sie es mit einer Unzahl von Feuerbällen.

So schnell sie konnten, segelten sie davon.

„Nein“, Saria schrie, „das Schiff!“

Alle schienen vom Schock wie gelähmt, denn auch wenn es noch in Strömen regnete, das Regenwasser allein würde nicht ausreichen.

Plötzlich hatte Ocean eine Idee. Er befahl allen, sich gut festzuhalten und dann schloss er die Augen.

Er murmelte etwas vor sich hin und plötzlich, wie aus dem Nichts, schwappte eine riesige Welle über das Boot hinweg.

Das Feuer war gelöscht. Aber Segel und Boot hatten großen Schaden genommen. Alles sah geschwärzt aus und es roch nach Schwefel und verbranntem Holz.

Feather ächzte unter Schmerzen, er hatte sich beim Sturz den Arm verletzt. „So eine verfluchte Niederlage, da helfen uns die ganzen tollen Elementarier nichts."

Arius schaute ihn tadelnd an. „Was soll das jetzt? Solche Kommentare helfen uns auch nicht weiter."

Saria wirkte nachdenklich, nach einer Weile teilte sie ihre Gedanken mit den anderen. „Wieso wusste diese Feueraugen-Kapitänin überhaupt, dass dieser Kompass so wertvoll ist?"

Tail riss die Augen auf. „Sie musste schon davon gehört haben, oder …"

Arius nickte. „Oder sie gehört dem *Inneren Kreis* an!"

Die Crew überkam ein eisiges Kribbeln, sie war etwas Großem auf der Spur. Aber zuerst mussten sie ihr Schiff wieder in Ordnung bringen. Es würde nichts nützen, sie mussten im nächsten Hafen anlegen und die *Elementia* reparieren.

Ocean und Arius versuchten, zusammen den nächstliegenden Hafen auf den Karten auszumachen, während sich die anderen in ihre Kajüten zurückzogen.

Als Saria in ihrer Hängematte lag, fuhr ihr plötzlich ein kalter Schauer über den Rücken, denn plötzlich fiel ihr etwas ein, das sie in der ganzen Aufregung völlig vergessen hatte: das Logbuch!
Was hatte gestern im Logbuch gestanden? Saria sprang mit klopfendem Herzen aus der Hängematte und holte das Logbuch aus

dem Versteck. Im Schein der Kerzen wollte sie nachlesen, was dort gestern noch zu lesen war. Aber wie bereits am Tag zuvor, waren die Seiten leer.

„Das gibt's doch nicht! Ich habe mir das doch nicht eingebildet! Da hat doch etwas gestanden. Etwas über einen Angriff und einen gestohlenen Kompass."

Oder hatte sie es sich doch nur eingebildet? Saria wurde unsicher, denn wenn wirklich etwas daringestanden hätte, dann war es purer Zufall gewesen, dass es sich mit den tatsächlichen Vorkommnissen überschnitten hatte. Denn ein hellseherisches Logbuch gab es doch gar nicht!

In diesem Moment, wie am Tag zuvor, erschien ein Eintrag. Buchstabe für Buchstabe, Wort für Wort. Nun klopfte Sarias Herz wieder, langsam las sie die magische Botschaft.

Logbucheintrag, Mittwoch, 4. Juli.

Wegen des Schadens, den die Elementia durch den gestrigen Angriff erlitten hatte, sind wir den nächsten Hafen angefahren. Es handelte sich dabei um den Heimathafen der Windisch. Wir wurden sehr kritisch empfangen, auch wenn wir in friedlicher Absicht gekommen waren. Die Zwillinge waren vorsichtshalber auf dem Schiff geblieben, denn Feueraugen sind nirgends gern gesehen. Um die nötigen Materialen zur Reparatur der Elementia zu besorgen, fehlte uns natürlich das Geld.

Das wenige, das wir besessen hatten, wurde uns gestohlen. Zum Glück hatte Feather noch einige Reserven auf seinem Heimatschiff. So konnten wir das Nötigste besorgen. Wir nutzten die Situation auch, um Informationen zu sammeln. Hier hatten wir leider weniger Glück. Wir waren mit einer seltsamen Gestalt ins Gespräch gekommen, doch durch eine unüberlegte Aussage, haben wir sie verscheucht. Wären wir nicht so abweisend gewesen, hätte sie uns vielleicht etwas Interessantes erzählen können. Heute verbringen wir die Nacht im Hafen. Ein paar reparierte Stellen müssen noch aushärten. Morgen stechen wir wieder in See.

Ob dies wohl alles genau so zutreffen würde? Saria war sich nicht mehr sicher, was genau gestern im Logbuch gestanden hatte, und deshalb wollte sie nicht glauben, dass dies die Vorhersage für morgen sein sollte.

Lange überlegte sie hin und her, aber sie konnte sich nicht entscheiden. Plötzlich durchfuhr sie ein kribbeliges Gefühl. Schnell las sie den Eintrag ein zweites Mal durch. Sie hatte sich nicht geirrt – dort stand „Feather“! Also waren es tatsächlich Voraussagen und doch keine Zufälle?

Zumindest war es kein so erschreckender Eintrag wie gestern und deshalb entschied sie, die Dinge einfach auf sich zukommen zu lassen. Sollte sie ihrem Bruder doch noch vom Buch erzählen? Nein! Der hatte gerade genug mit sich selbst zu tun.

Erst spät lag Arius in seiner Hängematte. Der Schreck des Angriffs saß ihm noch in den Knochen, wenn er es nur endlich schaffen würde, seine neuen Fähigkeiten besser unter Kontrolle zu bekommen. Dann hätten sie bei solchen Angriffen bessere Chancen. Wenn Ocean nicht gewesen wäre, wäre die *Elementia* komplett abgebrannt.

Morgen würden sie also den Heimathafen der Windisch anfahren. Hoffentlich empfing man sie dort nicht mit allzu großem Argwohn. Sie mussten endlich Fortschritte machen, bevor der *Innere Kreis* zu stark wurde. Vielleicht fanden sie ja im Hafen mehr als nur Reparaturmaterial.

KAPITEL III

Zum brodelnden Kessel

Gegen Mittag fuhr die *Elementia* mit weißer Fahne in den Hafen der Windisch ein. Zwar war dies nicht die Friedensflagge, diese durften sie ja nur auf den Weg nach Calvaria hissen, aber es würde den Windisch signalisieren, dass sie mit friedlichen Absichten kamen.

Saria schaute nachdenklich Richtung Festland – also fuhren sie tatsächlich zu den Windisch, so wie es im Logbuch stand.

Saria hatte sich den Text immer und immer wieder durchgelesen, damit sie ihn auch sicher nicht vergaß. Nur so konnte sie herausfinden, ob die Einträge sich wirklich erfüllten. Das mit dem Hafen konnte durchaus noch Zufall sein, aber wenn alles stimmte, was sie gelesen hatte, dann musste sie wohl oder übel zugeben, dass es mehr war als ein fast leeres Logbuch.

Als die Crew angelegt hatte und an Land ging, blies ihnen ein kalter Wind entgegen. Nicht etwa, weil es im Windland stets windig war, sondern auch weil sie für die Einheimischen ein seltsames Bild abgaben. Eine Crew aus Mitgliedern aller Völker hatten sie noch nie gesehen.

Ocean merkte schnell, dass besonders die Anwesenheit von Feueraugen die Windisch beunruhigte.

So entschieden sie gemeinsam, dass es besser wäre, wenn die Zwillinge an Bord blieben.

„Am besten, wir teilen uns auf. Feather holt gleich sein Geld, das er uns borgt. Curly und Shadow, ihr sucht nach Informationen. Tail und ich schauen uns inzwischen nach den Materialien um. Wir treffen uns dann wieder hier“, las Arius den Befehl des Kapitäns vor.

Arius und Saria schlenderten aus dem Hafen heraus auf den gewaltigen Turm zu, der am Ende stand. Das Windland war nämlich sehr besonders. Da die meisten Windisch immerzu in der Luft unterwegs waren, bestand die Heimatstadt, die sich im Hafen gebildet hatte, nur aus einem einzigen riesigen Turm. Wobei dieser Turm eine ganze Stadt untergebracht hatte. Über schier unendlich viele Stockwerke verteilt, befanden sich Geschäfte, Tavernen und Herbergen. Ganz oben befand sich eine riesige Plattform, die als Anlegestelle für die Luftschiffe diente.

„Boah! Wir müssen da aber jetzt nicht bis ganz nach oben rauf, oder?“ Saria legte den Kopf in den Nacken.

„Das hoffe ich auch nicht.“ Arius schaute sich um. Alleine bis zur ersten Taverne mussten sie sicher um die hundert Stufen erklimmen.

„Jetzt verstehe ich auch, warum die Windisch unbedingt ihre Metallflügel benötigen. Mit denen wäre man schneller am richtigen Ort.“ Da musste Arius seiner Schwester recht geben.

Der Eingang des Turms war fast Schiffshoch und links und rechts wurde er von Flügeln aus Metall geflankt. Auch wenn der Aufstieg über die Steintreppen anstrengend war, die Geschwister waren dennoch beeindruckt. Überall herrschte ein reges Treiben.

Treppauf, treppab hörte man Gelächter und Verhandlungsgespräche. Zudem gab es in jedem Geschäft und in jeder Taverne eine Tür auf der Außenseite des Turms, über welche stetig Windisch hereingeflogen kamen. Das Ganze hatte fast etwas von einem Taubenschlag. Nur der Geruch war ein ganz anderer. In einem Stockwerk roch es nach Fisch und Meer, im nächsten nach Met und Bratwurst und nach Gewürzen aus aller Welt.

Sie kamen an eine Taverne mit der Aufschrift „Zum brodelnden Kessel" und beschlossen einzukehren.

Arius sah sich um. „Komm, wir setzen uns an den Tisch in der Mitte, vielleicht kommen wir mit irgendjemanden ins Gespräch."

Kaum, dass sie sich gesetzt hatten, kam die Kellnerin an den Tisch. „Na, ihr Trockenländer? Was darf's denn sein? Wüstensand hab ich freilich keinen."

Saria erwischte sich dabei, wie sie darüber nachdachte, ob die Kellnerin wohl die seltsame Gestalt war, von der sie im Logbuch gelesen hatte. Von ihrer derben Erscheinung her, wäre es nicht auszuschließen gewesen.

Sie bestellten beide einen warmen Met und sahen sich um.

„Bruderherz, wen sollen wir ansprechen? Und was sollen wir fragen? Wir können ja schlecht mit der Tür ins Haus fallen."

„Nur Geduld. Manchmal ist es besser, die anderen auf einen zukommen zu lassen."

Arius sollte Recht behalten, denn es dauerte nicht lange und ein alter Mann kam mit einem halbleeren Whiskyglas an ihren Tisch.

„Na, ihr? Nicht ein bisschen jung für eine Taverne?"

Seiner undeutlichen Aussprache zufolge war es nicht der erste Whisky, den er da in Händen hielt.

Arius sprach ruhig zu ihm. „Keine Angst, mein Guter, wir sind beide rechtmäßige Piraten."

Er schien noch keine Ruhe geben zu wollen und stichelte weiter. „Trockenländer? Was wollt ihr denn hier? Ihr seht nicht wie gewöhnliche Handelstreibende aus? Ihr sucht sicher Ärger, stimmt's?"

Arius wollte schon antworten, aber Saria kam ihm zuvor. „Hör mal, Opi. Wir wollen keinen Stress. Setz dich und trink deinen Whisky, wenn in deinem Alter auch ein Glas warme Milch besser wäre."

Plötzlich prustete die ganze Taverne los. Bis zu dem Moment hatten die Geschwister gar nicht bemerkt, dass ihnen alle zugehört hatten. Die freche Antwort von Saria sorgte für gute Stimmung. Alle anwesenden Piraten bogen sich vor Lachen.

Der Alte gab sich geschlagen und setzte sich beleidigt an seinen Tisch im Eck.

Arius wollte Saria eigentlich zurechtweisen, denn solche unüberlegten Handlungen konnten ihnen auch schaden. Dieses Mal aber hatte ihre übermütige Art die Situation entschärft. Also ließ er es bleiben. Mehr noch, eine seltsame Gestalt war auf die beiden aufmerksam geworden. Langsam und in gebückter Haltung kam sie auf den Tisch der Geschwister zu. Man konnte kaum erkennen, wer oder was sie war, denn sie trug eine lange Kutte mit Kapuze, die sogar ihr Gesicht verdeckte.

Saria erschauderte. Dies musste die Gestalt sein. Die Gestalt aus dem Logbuch!

Mit leiser Stimme sprach sie die beiden an. „Seid gegrüßt! Was führt euch ins Windland?"

Arius war genervt. Er wollte sich nicht schon wieder auf eine

Diskussion einlassen. Unüberlegt antwortete er der Gestalt ungehalten: „Geht dich nichts an! Verschwin …“

Geistesgegenwärtig schnitt Saria ihrem Bruder das Wort ab. „Möchtest du dich nicht setzen? Vielleicht trinkst du einen Met mit uns?“

Arius schaute seine Schwester verdutzt an. Hatte sie jetzt den Verstand verloren? Musste sie sich ausgerechnet die seltsamste Person im Raum aussuchen, um zu plaudern?

„Vielen Dank, mein Kind“ antwortete die Gestalt und setzte sich gemächlich auf den Stuhl ihnen gegenüber. „Ihr seht aus wie Suchende? Vielleicht kann ich euch helfen?“

Arius war skeptisch – konnte man dieser Gestalt trauen? Aber irgendetwas an ihrer Stimme gab ihm das Gefühl, dass es so war. „Ja, das stimmt. Wir sind auf der Suche, aber nach keinem Gegenstand, den man kaufen kann, sondern nach der Wahrheit.“

Die Gestalt sagte eine Weile nichts. Saria wollte schon nachhaken, als sie doch zu sprechen begann. „Die Suche nach der Wahrheit ist mitunter eine der schwierigsten. Denn oft liegt die Wahrheit im Auge des Betrachters. Aber es gibt immer ein großes Ganzes und das gilt es zu begreifen.“

Saria überlegte, wie sie weiter vorgehen konnten und beschloss es mit der direkten Variante. „*Innerer Kreis*, was sagt euch das?“

Arius erschrak, nie hätte er einfach so ihr Wissen preisgegeben.

Die Gestalt lachte trocken. „Also, du magst es direkt? Kannst du haben. Aber kommt mit nach hinten, hier kann ich nicht frei sprechen.“

Aufgeregt gingen die Geschwister mit der Gestalt in einen Hinterraum, wo sie etwas Unglaubliches erfuhren.

Zurück auf der *Elementia* trommelten sie die Crew zusammen. Saria scheuchte alle unter Deck. „Schnell, ihr glaubt nicht, was wir herausgefunden haben!"

„Jetzt macht es nicht so spannend!" Tail rutschte ungeduldig auf ihrem Stuhl hin und her.

Arius schaute bedeutungsvoll in die Runde. „Wir waren heute in einer Taverne und sind dort mit einer seltsamen Gestalt ins Gespräch gekommen."

„Dank mir!", warf Saria stolz dazwischen.

Arius verdrehte die Augen. „Ja, Schwesterchen, dank dir. Aber das war nicht die wichtige Information. Die Gestalt hat uns mehr vom *Inneren Kreis* erzählt."

Die übrigen Crew-Mitglieder horchten auf und Arius wollte sie nicht länger auf die Folter spannen.

„Wie wir bereits wissen, haben sich damals Piraten aller Völker dem *Inneren Kreis* angeschlossen. Aber jetzt kommt's: Die Wahrheit ist, dass sich noch heute unter den Piratenvölkern Mitglieder des *Inneren Kreises* verstecken. Sie leben dort unauffällig, spionieren und planen ihre Missetaten. Am Ende ist es wie mit den Elementariern – jeder könnte einer sein."

Feather staunte. „Das heißt, jeder bei uns zu Hause könnte ein Mitglied des *Inneren Kreises* sein?"

Saria nickte. „Theoretisch, ja. Aber es kommt noch dicker. Es soll eine Insel geben, auf der sich der *Innere Kreis* regelmäßig trifft. Von dort aus planen sie die Übernahme der Macht über ganz Calvaria."

„Das ist ja ein Ding!" Tail wollte nicht glauben, dass einer ihrer Bekannten, ein so dunkles Geheimnis haben sollte. „Aber woher wusste diese Gestalt denn das alles? Können wir ihr überhaupt vertrauen?“

„Das ist eine gute Frage.“ Arius machte ein nachdenkliches Gesicht. „Aber es ist bis jetzt die beste Spur, die wir haben.“

Saria fühlte sich hin- und hergerissen. Eigentlich wäre dies genau der richtige Moment gewesen, um ihr Geheimnis mit den anderen zu teilen. Aber irgendetwas hielt sie davon ab, vom magischen Logbuch zu erzählen.

Ocean hatte eine Weile nachgedacht und sich seine Notizen gemacht, nun reichte er Arius seinen Zettel. „Ich denke, wir sollten weitere Heimathäfen anlaufen und versuchen, mögliche Mitglieder zu enttarnen. Vielleicht schaffen wir es auch, aus einem von ihnen mehr herauszukriegen.“

„Das sehe ich genauso. Am besten wir fangen morgen Früh gleich hier in meinem Heimathafen an. Es wird schwer werden, aber vielleicht hilft es, wenn wir nicht so auffallen.“

„Wie meinst du das, Feather?“

„Ich werde euch morgen Windisch-Kleidung besorgen, wenn wir uns anpassen, sollten wir weniger Aufsehen erregen.“

Dies war ein guter Plan. Die Piraten gingen das erste Mal seit Tagen ermutigt zu Bett.

Alle außer Saria, die hatte noch etwas zu erledigen.

Logbucheintrag, Donnerstag, 5. Juli.

Heute haben wir versucht, unseren Plan in die Tat umzusetzen. Feather konnte Windisch-Kleidung für uns alle besorgen und so konnten wir uns unauffällig umsehen. Leider hatten wir überhaupt keine Ahnung, wonach wir suchen sollten. Erst am Abend, als wir uns zusammengesetzt und über alles gesprochen haben, ist uns wieder das Zeichen über der Tavernen-Tür in Calvaria eingefallen. Das hätte uns früher einfallen sollen, dann hätten wir nicht einen ganzen Tag verloren."

Saria schloss das Buch. Also mussten sie morgen auf das Zeichen achten. Sie erinnerte sich daran, es war ein Kreis mit einem Punkt in der Mitte gewesen. Diese Information würde ihnen ganz sicher helfen, auch wenn sie gar nicht so recht wusste, ob sie dies auch wollte. Der *Innere Kreis* schien nicht gerade ein Kaffeekränzchen zu sein.

KAPITEL IV

Der Kreis mit dem Punkt

Kurz nach dem Frühstück fanden sich die Piraten in ihren Windisch-Kleidern an Deck ein. Ihre Haare versteckten sie unter Kapuzen, denn keiner außer Feather hatte diese silbernen Haare, wie sie alle Windisch hatten.

Ocean überreichte Arius seine Anweisungen. „Wir teilen uns am besten wieder auf, das erregt weniger Aufsehen. Darksoul und Fireeye, ihr könnt zusammen losziehen. Passt auf, dass euch eure Augen nicht verraten. Feather, hast du eine Idee, wo wir als Erstes nachsehen können?"

„Schwierig. Ich würde sagen, während ihr hier sucht, fliege ich auf die *Liberty* und höre mich dort um. Aber ich habe keine Ahnung, wo wir am ehesten etwas finden könnten."

Saria räusperte sich: „Ich würde sagen, wir suchen nach dem Zeichen."

„Welchem Zeichen?", fragte Arius überrascht.

„Als wir auf der Hauptinsel waren, haben wir ja über dieser Tür in der dunklen Gasse ein Zeichen gesehen. Ein Kreis mit einem Punkt. Ich denke, das ist der einzige Hinweis, der etwas verraten könnte."

Tail staunte: „Wow, Curly, das ist eine super Idee! Ohne dich wären wir wahrscheinlich den ganzen Tag sinnlos durch diesen

Turm gelaufen. Du bist ja fast schon so schlau wie dein Bruder!" Sie zwinkerte Arius zu, der sofort rot wurde.

Auch die anderen waren froh, dass Saria diese Idee vorbrachte, auch wenn sie in Wirklichkeit aus dem Logbuch stammte.

Voller Tatendrang zog die ungewöhnliche Crew los. Sie hatten sich den Turm aufgeteilt, sodass sie nicht zweimal am selben Ort suchten.

Die Geschwister mussten in den höchsten Teil des Turmes, was sehr anstrengend war, da sie zwar die Kleidung, aber nicht die Flügel der Windisch besaßen.

Als sie auf halbem Weg waren, wandte sich Arius an seine Schwester. „Ist dir an Feather auch etwas aufgefallen?"

Saria schaute verwirrt. „Was soll mit ihm sein?"

„Ich habe das Gefühl, dass er sich immer mehr von uns abgrenzt."

Saria schüttelte den Kopf. „Ach, das bildest du dir bloß ein. Er ist hier nur immer allein unterwegs, weil es sein Heimathafen ist."

Arius zuckte mit den Schultern. „Kann sein."

Wieder überlegte Saria, ob sie ihrem Bruder vom Logbuch erzählen sollte. Sie wusste genau, dass sie ihm hundertprozentig vertrauen konnte, aber sie wollte auch sicher sein, was es mit dem Buch auf sich hatte. Eine Vorhersage noch, beschloss sie, dann sage ich es ihm.

Nach zwei Stunden mühsamem Suchen und Beobachten, hatten Saria und Arius noch nichts gefunden. Sie setzten sich auf eine kleine Mauer, als Arius plötzlich aufhorchte.

„Warte, sei kurz still!" Er hob die Hand, um Saria zu bedeuten, leise zu sein. „Ich habe eine Nachricht von Darksoul und Fireeye empfangen, sie haben etwas gefunden."

An die telepathischen Fähigkeiten ihres Bruders musste sich Saria noch gewöhnen, aber dass endlich Bewegung in die Geschichte kam, freute sie.

Arius sprang auf. „Sie sind elf Stockwerke unter uns. Los, wir müssen zu ihnen."

Schnell eilten die Geschwister zu den Zwillingen. Keuchend und nach Luft schnappend, kamen sie bei den beiden an, die sie an eine Hausmauer gelehnt fanden.

„Darksoul, Fireeye, was habt ihr gefunden?"

Darksoul machte eine Bewegung mit seinem Kopf in Richtung einer schmalen Gasse. „Dort hinten. Wir haben eine Tür gesehen, die, genau wie die auf der Hauptinsel, das Zeichen trägt."

Arius machte große Augen. „Das ist ein fantastischer Fund! Ist schon jemand hineingegangen oder herausgekommen?"

Fireeye schüttelte den Kopf.

Saria überlegte. „Wie sollen wir vorgehen? Meint ihr, man hält euch noch für Mitglieder des *Inneren Kreises* und ihr kommt rein?"

Darksoul verneinte. „Der *Innere Kreis* vertraut uns nicht mehr. Wir haben ihnen keine Informationen zukommen lassen. Sicher ist ihnen inzwischen klar, dass wir gar nicht auf ihrer Seite stehen."

Arius wollte jetzt auf keinem Fall an einer geschlossenen Tür scheitern. „Aber wir können rein. Wenn wir uns unsichtbar machen, sieht uns keiner. Nur müsste sich die Tür öffnen, wir können sie nicht einfach aufmachen, das würde Aufsehen erregen."

„Das übernehmen wir. Wir klopfen einfach an die Tür. Sie werden uns sofort wegscheuchen, aber ihr habt so die Chance reinzukommen." Darksoul zog seine Zwillingsschwester mit in Richtung Tür.

Arius und Saria schlüpften mit in die Gasse, wo sie keiner beobachtete, und machten sich unsichtbar. Sobald sie nicht mehr zu erkennen waren, klopfte Darksoul an die Tür.

Es dauerte etwas, dann öffnete ein junger Windisch die Tür. Feindselig schaute er die Zwillinge an. „Was wollt ihr hier? Verschwindet!"

Darksoul versuchte etwas Zeit herauszuschlagen und den Windisch in ein Gespräch zu verwickeln, aber er ließ sich nicht darauf ein. Es schien, als hätten sie ihn bei etwas Wichtigem gestört. Er schlug ihnen die Tür vor der Nase zu. Die Zwillinge hatten aber Glück, denn als sie nach Shadow und Curly riefen, waren sie nirgends zu finden. Also mussten sie es trotzdem ins Haus geschafft haben.

Das Haus war von innen recht unauffällig und es wirkte wie ausgestorben. Nur der Windisch, der die Tür geöffnet hatte, ärgerte sich noch über die Störung. Als er sich etwas beruhigt hatte, verschwand er im hinteren Teil des Hauses.

Arius flüsterte seiner Schwester zu. „Wir müssen ihm nach."

Also folgten sie dem Windisch in ein dunkles Hinterzimmer. Dort merkten sie, wie sehr sie sich getäuscht hatten, denn das Haus war alles andere als leer. An einem großen Tisch saßen zwölf Piraten und sprachen aufgebracht miteinander. Sie trugen alle dieselben Kutten, wie die Vermummten, die sie in den Hallen von Calvaria überfallen hatten.

Ihre Vermutung wurde durch eine Schnitzerei im Zentrum des Tisches bestärkt. Es war ein Kreis mit einem Punkt in der Mitte.

Einer der Piraten rief zur Ruhe auf und erhob sich. „Verbündete, die Zeit rückt näher. Wir haben es geschafft, bereits fünf der sechs Kompasse zu erbeuten. Unser Spion im Trockenland hat den Sechsten ausgemacht. Sie werden versuchen, ihn so schnell wie möglich zu stehlen.“

Ein begeistertes Grölen hallte durch den Raum. Den Geschwistern lief ein kalter Schauer über den Rücken. Er hatte Trockenland gesagt.

Der Wortführer sprach weiter. „In wenigen Tagen treffen wir uns auf der Insel und wir werden Calvaria an uns reißen!“

Ein tobender Applaus erfüllte den Raum. Arius und Saria wagten kaum zu atmen. Das waren furchtbare Neuigkeiten! Sie mussten sofort zurück zu den anderen, um ihnen alles zu erzählen.

Beim Verlassen des Hauses war es ihnen egal, dass sie die Türe öffnen mussten, sie wollten so schnell sie konnten weit weg von diesem Ort.

Zurück auf der *Elementia* konnten es die Geschwister kaum erwarten, ihren Crew-Mitgliedern zu erzählen, was sie gehört hatten.

„Das ist ja unglaublich!", rief Tail, „dann haben sie also schon fünf Kompasse und es fehlt ihnen nur noch einer. Das sind keine guten Nachrichten!"

Feather schien genervt. „Nur gut, dass unsere Elementarier das mal wieder so toll herausgefunden haben."

„Was soll das schon wieder heißen, Feather?" Darksoul schaute den Windisch vorwurfsvoll an. „Sei froh, dass wir endlich mehr wissen!"

Ocean gab seinen Zettel wie gewohnt an Arius weiter, der ihn anschließend vorlas: „Ich bin froh, dass wir das herausgefunden haben. Bravo. Nun müssen wir überlegen, wie wir mit diesen Informationen umgehen."

„Das ist doch klar!", rief Tail, „wir müssen ins Trockenland und versuchen zu verhindern, dass der sechste Kompass in die Hände des *Inneren Kreises* fällt! Oder was meint ihr?"

Alle Crew-Mitglieder nickten. So sollte es sein. Gleich am nächsten Morgen würden sie die Segel setzen und Richtung Trockenland aufbrechen.

KAPITEL V

Der Tod im Buch

Wie es bereits zur Gewohnheit geworden war, setzte sich Saria mit dem Logbuch an den kleinen Tisch und wartetet darauf, dass die Buchstaben erschienen. Was würde wohl heute drinnen stehen? Lange spannte sie das Buch nicht auf die Folter. Ein Logbucheintrag erschien. Doch dieses Mal waren bestimmte Stellen wie durch Tropfen verwischt.

Logbucheintrag, Freitag, 6. Juli.

Ein schwarzer Tag für die Elementia. Am Morgen hatten wir die Segel gesetzt, um wie geplant Richtung Trockenland aufzubrechen. Den ganzen Tag hatten wir genügend Wind, um schnell voranzukommen. Wir waren voller Zuversicht, bald im Trockenland anzukommen. Dann aber kam alles anders. Auf halber Strecke fing das Meer an, unruhig zu werden und wir mussten alle Register ziehen, damit das Schiff nicht kenterte. Zu spät merkten wir, wo wir uns befanden. Wir hatten uns direkt in die schreienden Klippen manövriert. Messerscharfe

Spitzen lugten rings um die Elementia aus dem Wasser. Durch die hohen Wellen waren wir kaum imstande, das Schiff auf Kurs zu halten. Ocean versuchte alles, um das Wasser zu beruhigen, aber es wollte ihm nicht so recht gelingen. Doch dem nicht genug. Als wir in der Mitte der Klippen ankamen, tauchten plötzlich schreckliche Kreaturen aus der Tiefe auf. Sie ähnelten Echsen, hatten aber Kiemen und Flossen. Tail, die sich mit Unterwasserkreaturen auskannte, sagte uns, es seien Atlantiden. Ein gnadenloses Volk, das eher einer Raubtierherde ähnelte. Immer wieder sprang einer an Bord der Elementia und wir hatten große Mühe, uns zu verteidigen. Tail rissen sie als erstes unter Wasser, aber ihre Fähigkeit unter Wasser zu atmen und die Hilfe von Darksoul und Fireeye, die dieselben Fähigkeiten besaßen, retteten ihr das Leben. Nicht so aber Shadows. Auf dem Höhepunkt des Kampfes, wo uns eine schier unbesiegbare Anzahl an Atlantiden überrannte, verschleppten sie unseren Unteroffizier. Leider konnten wir sein Leben nicht retten. Sobald sie Beute gemacht hatten, verzogen sich die Viecher und das Meer wurde schlagartig ruhiger. Die Elementia konnte weitersegeln, aber ohne Shadow.

Saria war kreidebleich geworden. Mit jedem Wort, das sie gelesen hatte, hatte sie ein wenig mehr zu zittern begonnen. Eine Träne rann ihr über die Wange. Nicht ihr Bruder. Das durfte nicht passieren, sie musste das verhindern! Eigentlich hatte sie sich fest vorgenommen, Arius von dem Logbuch zu erzählen, aber was sollte sie jetzt tun? Sie konnte ihm schlecht von seinem eigenen Tod erzählen. Das wäre zu viel für ihn. Er zerbrach sich jetzt schon über so viele Dinge den Kopf. Aber sie brauchte Hilfe, so viel stand fest. Denn alleine würde sie es dieses Mal nicht schaffen. Sie wusste auch schon, wen sie ins Vertrauen ziehen würde – Tail. Denn die wusste am meisten über die Unterwasserwelt und steigerte somit die Chancen für Arius' Überleben.

Leise schlich sich Saria in Tails Kajüte. Die schlief bereits in ihrer Hängematte.

„Aufwachen!" Sara schüttelte Tail. Vor lauter Schreck wäre diese fast aus der Matte gefallen.

„Was willst du?" Sie rieb sich müde die Augen. „Kann das nicht bis morgen warten?"

Saria war entschlossen und richtete sich in ihrer ganzen Größe auf. „Nein! Kann es nicht. Steh auf, es ist wichtig."

Tail verstand sofort, dass es ernst sein musste, da Saria sonst nie so herrisch war.

„Das, was ich dir jetzt erzähle, bleibt vorerst unser Geheimnis, verstanden?"

„Verstanden!", antwortete Tail. Sie war jetzt hellwach.

Saria erzählte Tail von dem Logbuch, von den Einträgen, die von Geisterhand erschienen und wie sie herausgefunden hatte, dass es sich um Vorhersagen handelte. Zuerst wollte ihr Tail nicht glauben, aber als sie erzählte, dass sie deshalb die Gestalt in der Taverne ausgefragt und die Idee mit dem Zeichen gehabt hatte, musste ihr Tail doch Glauben schenken. Nun aber war der Moment gekommen, in dem Saria Tail erzählte, was am morgigen Tag passieren sollte.

Tail erschrak. „Shadow! Das darf nicht passieren! Das kann einfach nicht wahr sein."

„Ich fürchte schon." Saria blickte traurig zu Tail. „Bis jetzt ist immer alles genauso passiert, wenn ich nicht etwas dagegen unternommen habe."

Tail horchte auf. „Wie meinst du das, Curly?"

„Na ja, das, was im Logbuch steht, passiert, wenn wir es so passieren lassen. Aber ich habe die Abläufe auch schon geändert, indem ich die Informationen genutzt habe, und so die Geschichte sozusagen umgeschrieben habe."

Tail war hoch konzentriert. „Das heißt, wir können Arius retten? Was müssen wir tun?"

Saria überlegte. „Das ist die Frage. Am besten verhindern wir, dass wir in die schreienden Klippen gelangen, dann können wir den ganzen Überfall vielleicht abwenden. Aber sollte es nicht klappen, benötigen wir einen Plan B, eine Möglichkeit, die Atlantiden zu besiegen."

Tails Blick wurde finster. „Atlantiden sind die gnadenlosesten Kreaturen unter Wasser. Wenn sie im Blutrausch sind, kann sie niemand stoppen. Ich werde mich sofort auf den Weg in die versunkene Bibliothek machen, vielleicht finde ich bis morgen eine Schwachstelle dieser Viecher heraus."

Saria nickte. „Das ist ein guter Plan. Ich werde in den Karten nachsehen und versuchen herauszufinden, wie wir es schaffen, das Schiff von den Klippen fernzuhalten. Aber vergiss nicht: kein Wort zu niemanden. Arius würde das nicht auch noch verkraften."

Tail und Saria machten sich an die Arbeit. Sie hatten eine schwere Aufgabe vor sich – sie musste das Leben von Arius retten.

KAPITEL VI

Die Schlacht bei den Klippen

Tail war noch nicht zurück, als die *Elementia* den Hafen verließ. Da sie aber den Kurs kannte, würde sie ihre Crew problemlos finden können.

Saria hatte die ganze Nacht kein Auge zugemacht. Jede Karte an Bord hatte sie studiert, um eine Lösung zu finden. Das Problem aber war, dass die schreienden Klippen gar nicht entlang ihres Kurses lagen. Deshalb verstand Saria auch nicht, warum sie dort hineingeraten sollten. Dies wiederum machte es schier unmöglich, einen Ausweg zu finden.

Sie bestieg ihren Posten im Ausguck. Von hier oben hatte sie zumindest den besten Überblick.

Während die *Elementia*, wie vom Buch vorausgesagt, gut vorankam, trainierte Arius mit den Zwillingen. Langsam machte er kleine Fortschritte. Die telepathischen Fähigkeiten beherrschte er bereits recht gut, nur mit dem Feuer war es noch etwas holprig.

„Shadow, du musst dich mehr konzentrieren", ermahnte Darksoul ihn.

„Ich konzentriere mich ja. Aber es ist nicht so einfach." Arius wurde langsam ungeduldig.

„Als mein Vater mir sagte, dass ich Elementarierin bin und ich

Fähigkeiten der Aquaticus besitzen würde, hatte ich auch so meine Probleme damit. Bei meinen ersten Versuchen unter Wasser zu atmen, ertrank ich fast", erzähle Fireeye ihre Geschichte.

Arius horchte auf. „Und was hast du dann gemacht?"

Fireeye lächelte. „Eigentlich nichts Besonderes. Ich habe einfach gelernt, mich zu akzeptieren. Nicht als Feuerauge, nicht als Aquaticus, sondern als Elementarierin. Das gab mir das Vertrauen in mich selbst und plötzlich ging alles wie von alleine."

Also war das wahrscheinlich das Problem! Arius konnte noch nicht akzeptieren, wer er war. Eine so lange Zeit war er mit Stolz Trockenländer gewesen, er hatte die Fahne mit den Dünen und der Sonne im Hintergrund nicht nur vor Augen gehabt, er hatte sie stets im Herzen getragen. Und plötzlich war alles anders. Fireeye hatte vermutlich recht, er konnte nichts erzwingen, er musste sich zuerst selbst finden und akzeptieren.

Der halbe Tag war bereits um und die Sonne stand im Zenit. Saria machte sich langsam Sorgen, ob es Tail noch rechtzeitig schaffen würde. Zwar stimmte ihr Kurs noch, was bedeutete, sie sollten eigentlich nicht an den schreienden Klippen vorbeikommen, aber besser war es, den Plan B in der Tasche zu haben.

Am späten Nachmittag wurde das Meer langsam unruhiger. Saria wurde von Minute zu Minute nervöser. Immer wieder kontrollierte sie, ob sie sich noch auf dem richtigen Kurs befanden.

Gegen Abend war das Meer zu einem wildgewordenen Ungetüm mutiert. Riesige Wellen schwappten über die Reling und die Crew hatte alle Hände voll zu tun, um der See zu trotzen.

„Tail, wo bleibst du bloß!" Saria schaute sich um, während sie sich festklammerte, um nicht aus dem Ausguck zu fallen.

Plötzlich entdeckte sie Backbord etwas Glitzerndes. Sie holte ihr Fernrohr, aber wegen der riesigen Wellen dauerte es eine Weile, bis sie ausmachen konnte, was es war: Tail. Sie schien in Schwierigkeiten zu sein. Schnell kletterte Saria aus dem Ausguck und lief zum Kapitän. Dieser verstand sofort, dass sie Tail helfen mussten. Augenblicklich drehten sie nach Backbord und segelten auf sie zu.

„Warum schicken wir nicht Feather?", fragte Saria, die befürchtete, vom Kurs abzukommen. Doch sie verstand bald, warum Ocean in die Nähe von Tail musste. Denn als Feather in der Luft war, und versuchte, Tail aus dem Wasser zu ziehen, scheiterte er. Die Wellen waren einfach zu hoch. Sobald die *Elementia* nahe genug an Tail herangekommen war, beschwor Ocean das Meer. Für eine kurze Zeit wurde es etwas ruhiger, dies nutzte Feather und holte Tail an Bord.

Schnell rannte Saria zu Tail. „Zum Glück ist dir nichts passiert! Wir brauchen dich doch dringend."

Tail aber musste erstmal durchatmen, sie schien völlig entkräftet.

Auch alle anderen umringten Tail besorgt, besonders Arius schien erschrocken. „Tail, was ist passiert?"

„Ich weiß es nicht genau. Aber das Meer ist heute sichtlich aufgewühlt. Ich bleibe lieber an Bord." Tail blickte Saria bedeutungsvoll in die Augen. „Ich gehe kurz unter Deck."

Saria verstand, sie sollte ihr unauffällig folgen.

„Erzähl, was hast du erfahren?", überfiel Saria sie, kaum, dass sie zur Tür hereinkam.

„Nicht ganz das, was ich wollte. Ich habe keine wirkliche Lösung gefunden, nur das hier."

Sie holte ein zusammengefaltetes Blatt Papier heraus und gab es Saria. Es war ganz durchgeweicht, aber dennoch einigermaßen lesbar.

Sie rückte näher an eine Kerze heran und las: „Aus den Tiefen des Meeres sie kommen, sie nicht ruhen, bis sie ein Leben genommen, Tod und Schrecken sie verbreiten und die Angst wird dich begleiten. Sei gescheit und gib ihnen, was sie begehren, und sie werden dir die Weiterfahrt nicht verwehren."

Saria schaute erschüttert hoch. „Wie bitte? Wir sollen also zulassen, dass sie sich einen von uns holen?"

„Das werden wir natürlich nicht tun", beschwichtigte Tail, „aber wie es aussieht, geben sie nur Ruhe, wenn sie ein Leben bekommen."

Saria wurde wütend. „Inwiefern soll uns das helfen? Wir werden niemanden opfern, schon gar nicht meinen Bruder! Aber vielleicht haben wir Glück und wir geraten gar nicht in die schreienden Klippen."

Doch kaum hatte sie die Worte ausgesprochen, hörte sie die Warnglocke. Das hieß, alle Piraten an Deck, es drohte Gefahr.

Als Tail und Saria an Deck erschienen, war Arius bereits dabei, die Befehle des Kapitäns weiterzugeben.

„Bruder, was ist los?", fragte Saria angsterfüllt.

„Wir sind wohl bei der Rettung von Tail vom Kurs abgekommen. Durch die hohen Wellen ist es uns zu spät aufgefallen. Wir sind von spitzigen Klippen umringt. Wir müssen jetzt all unsere Seefahrerfertigkeiten an den Tag legen, damit wir hier wieder heil rauskommen."

Saria traten Tränen in die Augen und sie umarmte ihren Bruder. Arius wich erstaunt zurück. So etwas hatte seine Schwester noch nie getan, sie hatte sonst auch kaum vor etwas Angst.

Jedes Crew-Mitglied nahm seinen Posten ein, um die *Elementia* so sicher wie möglich aus den Klippen hinauszusteuern. Ocean versuchte, das Meer so ruhig wie möglich zu halten, aber es schien seinen eigenen Willen zu haben.

Saria suchte Tail, denn sie waren nur mehr wenige Meter vom Zentrum der Klippen entfernt.

„Was sollen wir machen? Gleich kommen sie und wir wissen nicht, was wir gegen sie unternehmen können."

Tail war genauso ratlos wie Saria, immer wieder sagte sie sich die Zeilen, die sie in dem Buch in der versunkenen Bibliothek gefunden hatte, im Kopf auf. Es musste irgendeine Lösung geben, inzwischen aber mussten sie einfach weitermachen. „Curly gehe zum Kapitän und sag ihm, wir müssen uns alle gefechtsbereit machen. Sollte er fragen wieso, sag einfach, wir haben keine Zeit, es zu erklären."

Saria ging und kaum hatte Ocean die Befehle erteilt zu den Waffen zu greifen kamen sie im Zentrum der schreienden Klippen an.

Für einen kleinen Moment war es plötzlich ganz still. Das Meer beruhigte sich und es wirkte fast friedlich. Dann brach das Inferno über der *Elementia* aus. Von allen Seiten sprangen wild kreischende Kreaturen aus dem Wasser und enterten das Schiff.

Saria und Tail waren sich bewusst, es ging um Leben und Tod, aber auch den anderen Crew-Mitgliedern war bald klar, dass dies eine furchterregende Begegnung werden würde.

Nun, da der Kampf begonnen hatte, schlug auch das Meer wie wild um sich. Ocean konnte somit nicht kämpfen, er musste so gut es ging das Wasser beruhigen. Darksoul und Fireeye feuerten einen Feuerball nach dem anderen auf die Angreifer, was auch seine Wirkung hatte. Auch Arius gelang es, ein paarmal einen brauchbaren Feuerangriff auszuführen. Immer wieder fielen vor Schmerzen kreischende Angreifer über Bord. Feather schnappte sich die Kreaturen im Flug, wie er es bereits bei dem Angriff der Feueraugen getan hatte. Saria, Tail und Ocean waren mit Schwertern und Musketen bewaffnet, aber größtenteils versuchten sie, eine Lösung zu finden.

Tail stand mitten im Gefecht und sagte sich immer wieder die Zeilen auf, als sie plötzlich eine der Kreaturen in die Tiefe riss. Sofort tauchten Darksoul und Fireeye hinterher. Auch hier behielt das Logbuch recht. Tränen traten in Sarias Augen und sie schrie vor Ohnmacht und Wut.

Nun war es also so weit, Saria wusste, was als Nächstes kommen würde. Sie lief zu ihrem Bruder, als er im selben Moment einem Atlantiden in die Hände fiel.

„Nein!“ Plötzlich stand Tail vor dem Angreifer, der Arius umklammert hielt. Sie war dank der Hilfe der Zwillinge wieder zurück an Bord. Saria versuchte zu verstehen, was da gerade passierte. Tail schien mit ihm zu kommunizieren und überreichte ihm ein seltsames Wasserwesen, eine Art lebendes Schlinggras, das sie wohl aus dem Meer geholt hatte.

Der Atlantide lies tatsächlich von Arius ab und nahm die Gabe an sich. Die Angreifer verschwanden so plötzlich wie sie gekommen waren und das Meer beruhigte sich.

Vor Erleichterung fiel Tail Arius um den Hals. Dieser war überrascht, aber er wich auch nicht zurück.

Saria lief zu den beiden. „Wie hast du das gemacht?", wollte sie von Tail wissen.

„Unter Wasser hatte ich die Eingebung, es hieß ‚ein Leben', aber nicht was für eines. Da habe ich mir einen *Fideal* geholt – schreckliche Biester! Wenn du ihnen zu nahekommst, fangen sie dich mit ihren Schlingen und ziehen dich in die Tiefe. Zum Glück lernen wir Aquaticus schon als Kinder, wie man mit ihnen fertig wird. Denn traditionell gibt es *Fideal* an großen Feiertagen zu essen. Am besten schmeckt er als Salat."

Inzwischen stand die ganze Crew um die Mädchen herum. Feather fragte schließlich, was alle wissen wollten: „Wovon in Teufels Namen redet ihr eigentlich?"

Saria wusste, nun war es an der Zeit, ihr Geheimnis zu offenbaren.

KAPITEL VII

Die nächste Prophezeiung

Sobald die *Elementia* sicher und ruhig ihre Fahrt wiederaufgenommen hatte, holte Saria das Logbuch und zeigte es den anderen. Sie erklärte ihnen, wie jeden Abend die Wörter wie von Zauberhand erschienen und so die Ereignisse des nächsten Tages vorhersagten.

„Das kann ich nicht glauben!“ Feather schüttelte den Kopf.

„Das habe ich zuerst auch gesagt“, meinte Tail, „aber heute durfte ich den Beweis hautnah erleben.“

Arius schien verletzt. „Also wusste Tail Bescheid?“

Saria fühlte sich schuldig, sie wusste, ihr Bruder verstand nicht, warum sie sich ihm nicht anvertraut hatte. Normalerweise sprachen sie über alles. „Sie weiß erst seit gestern davon. Ich wollte euch nicht gleich etwas davon erzählen, weil ich erst selbst sicher sein wollte, ob das wirklich alles wahr ist.“

Auch Tail war zerknirscht. „Sie hat mir auch nur davon erzählt, weil sie dich beschützen wollte.“

Arius horchte auf. „Wie meinst du das?“

Saria blitzte Tail böse an. Sie hätte vermeiden wollen, dieses Detail ihrem Bruder zu erzählen. „Es war wegen der Prophezeiung von gestern. Darin stand, dass du von den Atlantiden getötet würdest.“

Alle nicht wissenden Crew-Mitglieder hielten überrascht den Atem an.

„Hör zu, Bruderherz. Ich wollte dir nicht auch noch diese furchtbare Nachricht überbringen, wenn du dir schon über so vieles Gedanken machen musstest. Aber alleine hätte ich es nicht geschafft, dich zu retten, deshalb habe ich Tail um Hilfe gebeten. Schließlich ist sie von uns diejenige, die sich am besten mit den Kreaturen unter Wasser auskennt."

Arius verstand. Trotzdem war er verletzt, er war es gewohnt, dass Saria mit allem zu ihm kam. Er musste sich wohl daran gewöhnen, dass nun auch sie erwachsen wurde und ihn nicht immer brauchen würde.

Ocean schob Arius einen Zettel zu. „Der Kapitän fragt dich, ob es für morgen eine Prophezeiung gibt?"

Saria holte das Logbuch heraus. „Das weiß ich noch nicht. Ich hatte noch keine Zeit nachzusehen."

„Dann los!", scheuchte sie Feather ungeduldig.

Saria öffnete das Logbuch und wartete. Nichts passierte.

Feather verdreht die Augen. „Sehr magisch, dein Buch. Das ist doch alles kompletter Unsinn!"

Saria funkelte ihr an. „Deinen Sarkasmus kannst du dir sparen. Das Buch funktioniert. Vielleicht aber nur, wenn ich damit alleine bin."

Nun meldeten sich auch Darksoul und Fireeye zu Wort. „Bei uns hat es einmal einen ähnlichen Fall gegeben. Dabei ging es zwar nicht um ein Logbuch, sondern um einen magischen Feuerring, aber auch dieser funktionierte nur für unsere Mutter. Sobald jemand anderes dabei war, war es ein ganz normaler Ring."

Arius stand auf. „Dann lassen wir dich mal alleine. Am besten, wir treffen uns morgen Früh wieder und Saria erzählt uns allen, was im Logbuch gestanden hat. Wenn das für den Kapitän passt?"

Ocean nickte und alle gingen in ihre Kajüten.

Als Saria alleine war, öffnete sie erneut das Logbuch. Es dauerte nicht lange, da erschienen die Worte. Sie und die Zwillinge hatten also recht, das Buch funktionierte nur für sie alleine.

Logbucheintrag, Samstag, 7. Juli.

Heute haben wir das Trockenland erreicht. Da nur das Segelschiff der Trockenländer, die Terrana, fähig ist, über Sand zu segeln, mussten wir die Elementia vor den Dünen ankern. Um das Schiff nicht unbeaufsichtigt zu lassen, erklärten sich wie üblich Darksoul und Fireeye bereit, auf dem Schiff zu bleiben. So zogen wir weniger Aufmerksamkeit auf uns, zudem konnten die Zwillinge durch ihre und Arius' telepathischen Fähigkeiten, miteinander in Verbindung bleiben. Dort, wo die Dünen des Trockenlands begannen, gab es einen Kamelverleih. Da wir jedoch wenig Zeit hatten, beschlossen wir, dass Feather für uns alle metallische Schwingen besorgen sollte. So würden wir sicher und ohne Angriff bis ins Landesinnere kommen. Kurz vor dem Zeltlager landeten wir und gingen die letzten Meter zu Fuß, um nicht zu viel Aufsehen zu erregen. Das Wiedersehen mit Mutter war herzlich und auch die anderen wurden offen emp-

fangen. Am Nachmittag hatten Arius und ich ein Treffen mit unserem Onkel, Invisible Jack.
Während wir uns zu ihm begaben, suchten die anderen nach dem sechsten Kompass. Leider erfolglos!
Es war schön, unseren Onkel wiederzusehen und wir erzählten ihm von unseren Entdeckungen. Schließlich wollten wir ihn vor einem möglichen Verräter warnen. Ein schwerer Fehler. Denn als wir uns abends nach einem großen Festessen hinlegten, griff Kapitän Invisible Jack die Elementia an, versenkte sie und verschleppte Darksoul und Fireeye. Aber nicht mit der Terrana, die lag friedlich im heimatlichen Hafen, sondern mit einem Schiff, welches unter einer Flagge mit einem Kreis und einem Punkt in der Mitte segelte.

Saria erschrak. Sollte das heißen, ihr Onkel war ein Mitglied des *Inneren Kreises*? Er war immer wie ein Vater für sie gewesen. Sie konnte sich einfach nicht vorstellen, dass Invisible Jack zu den Bösen gehören sollte. Warum hatte er ihr den Kompass gegeben, wenn er ihn doch selbst brauchte? Oder war dies alles nur ein Ablenkungsmanöver? Am Ende hatte er genau gewusst, wo der Kompass zu finden war. Aber noch etwas anderes war Saria aufgefallen. Zur Sicherheit las sie den Text noch einmal durch. Der Text war so geschrieben, als hätte sie in selbst geschrieben, das war ihr bisher noch nicht aufgefallen. Aber dies war doch nicht ihre Handschrift?

Diese Schrift glich eher der einer sehr alten Frau. Seltsam. Also war auf irgendeine Weise sie, Saria es, die dieses Buch schrieb …

Am Morgen würde sie alles mit den anderen besprechen und sie mussten unbedingt versuchen, das Unglück zu verhindern.

KAPITEL VIII

Wieder in der Heimat

Die Ankunft im Trockenland verlief genau so wie vom Logbuch vorausgesagt. Obwohl sie wussten, dass der *Innere Kreis* versuchen würde, die *Elementia* anzugreifen, ankerten sie direkt an der Anlegestelle des Trockenlands.

Tail wirkte nachdenklich. „Wieso tun wir uns das alles überhaupt noch an? Ich meine, wenn wir jetzt schon wissen, dass Shadows und Curlies Onkel Mitglied des *Inneren Kreises* ist, dann brauchen wir nicht mehr ins Trockenland."

Ocean nahm einen Zettel heraus, beschrieb ihn und gab ihn an Arius weiter. „Der Kapitän meint, es hilft wenig, wenn wir nur wissen, wer dabei ist, wir müssen das Wichtigste aus dieser Information herausholen."

Tail verstand nicht. „Wie meinst du das?"

Ocean erklärte der Crew anhand seines nächsten Zettels den Plan.

Zum Glück hatte die *Liberty* gerade ihren Kurs gekreuzt und so kehrte Feather nur kurze Zeit später mit vier weiteren metallischen Flügelpaaren zurück. „Hier!" er überreichte Tail und Ocean die Flügel, dann sah er Arius spöttisch an. „Hier auch für dich. Anscheinend reichen die Fähigkeiten von Trockenländern und Feueraugen nicht aus."

Saria verdrehte die Augen, sagte aber nichts. Auch die anderen ließen die Bemerkung einfach so stehen. Denn sie hatten sich schon fast an die unnützen Sticheleien von Feather gewöhnt.

Arius besprach sich lieber mit den Zwillingen. „Gebt gut acht. Sobald euch irgendeine Sache seltsam vorkommt, oder ihr ein unbekanntes Schiff seht, meldet euch. Nur zu zweit könnt ihr die *Elementia* nicht verteidigen."

Ocean gab den Befehl zum Abflug. Tail, Feather, Ocean, Saria und Arius machten sich auf den Weg ins Herz des Trockenlandes.

Das Fliegen mit den metallischen Flügeln stellte sich als schwieriger heraus als gedacht. Immer wieder musste die Gruppe zwischenlanden, da sie die Kontrolle über die Flügel verloren. Nur für Feather schien das Fliegen das Natürlichste überhaupt zu sein. Zudem war es eine sehr weite Strecke und nach ein paar Stunden Flug mussten sie eine längere Pause einlegen. Aber mit genügend Zwischenstopps schafften es alle, die Strecke hinter sich zu bringen.

Bei der Ankunft im Zeltdorf verlief alles so gut wie vorhergesagt und so hatten alle eine angenehme Zeit, bis zu dem Treffen der Geschwister mit ihrem Onkel.

„Ah! Da sind sie ja. Ad solem!" Invisible Jack begrüßte die beiden freundlich. Wie immer war er eine imposante Erscheinung, aber heute war da noch etwas anderes. Saria und Arius sahen nicht nur den mutigen Kapitän vor sich, den sie so viele Jahre verehrt hatten, sie suchten auch nach Anzeichen, die ihn als Verräter enttarnen würden.

Nach einer kurzen Starre, besinnte sich Arius. „Ad solem, Onkel! Schön, dich zu sehen."

„Erzählt, ihr beiden. Wie ist es euch ergangen? Was habt ihr mit eurer seltsamen Crew erlebt?"

Saria hatte die ganze Nacht überlegt, wie viel sie ihrem Onkel sagen konnten, ohne zu viel zu verraten. „Wir finden langsam zusammen. Wir sind schon etwas herumgekommen und waren zuletzt bei den Windisch. Auch ein paar Schlachten mussten wir bereits bestreiten."

„Hört, hört!" Der Kapitän tat beeindruckt. „Also werdet ihr langsam richtige Piraten. Habt ihr auch schon Beute gemacht?"

Arius wusste, sie mussten jetzt aufpassen, was sie sagten. „Wir sind Piraten, Onkel. Was unsere Beute angeht, sind wir da etwas auf der Spur."

„So geheimnisvoll? Ihr werdet doch keine Geheimnisse vor eurem Onkel haben?" Die Stimme von Invisible Jack war hörbar kälter geworden.

Saria versuchte, locker zu klingen. „Ach, nichts Großes, nur ein kleiner Schatz, der auf einer abgelegenen Insel liegen soll. Du weißt schon, kaum der Mühe wert. Aber mit irgendetwas muss man ja anfangen."

Noch wollte sich der Kapitän nicht zufriedengeben. „Aber sagt, wie seid ihr hergekommen? Wo ist euer Schiff?"

„Wir haben uns einer Karawane angeschlossen", sagte Arius schnell, da er merkte, dass Saria keine Antwort einfiel. „Sie sind weiter Richtung Westen gezogen. Unser Schiff liegt natürlich am Anlegehafen am Eingang ins Trockenland."

Invisible Jack musterte die Geschwister mit seinem versteinerten Ausdruck, doch Arius merkte, wie der Kapitän versuchte, ein hämisches Grinsen zu unterdrücken.

Am Abend fand das große Festessen bei Arius' und Sarias' Mutter statt. Es gab die leckersten Speisen und für kurze Zeit entspannten sich die jungen Piraten.

In einer ruhigen Minute nahm Arius seine Mutter beiseite. „Mutter, du hast mir noch nie etwas von meinem Vater erzählt. Warum?"

Arius' Mutter sah verlegen zu Boden. „Da gibt es nicht viel zu erzählen. Ich hatte ihn im Herzen von Calvaria kennengelernt. Es war eine kurze Romanze und dann war er verschwunden."

Arius hatte mit einer knappen Antwort gerechnet. „Aber wo kam er her? War er ein Trockenländer?"

Arius' Mutter schaute verwundert hoch. „Natürlich war er ein Trockenländer! Aber er war Nomade und zog in der Welt umher. Ich habe ihn niemals wieder gesehen."

In dem Moment kam Saria dazu. Sie hatte noch hören können, was ihre Mutter gesagt hatte. „Was soll das heißen? Du hast ihn nie wieder gesehen? Ist Arius' Vater nicht auch mein Vater?"

Die Mutter schnaufte tief durch. „Es wird wohl Zeit, dass ich mehr erzähle." Sie bedeutete den beiden, sich zu setzten.

„Wie ihr wisst, bin ich nicht oft unterwegs, am liebsten bin ich hier zu Hause. Früher aber war ich manchmal zusammen mit meinem Bruder, Invisible Jack, auf der *Terrana* unterwegs. Deshalb konnte ich Arius' Vater auch im Herzen von Calvaria begegnen. Ich habe deinen Vater sehr geliebt, Arius, und weil es nicht sein sollte, habe ich auch nie mehr einen anderen lieben können. Leider kann ich dir auch nicht mehr von ihm erzählen, da ich fast gar nichts über ihn weiß. Einzig den letzten Satz, den ich von ihm gehört habe, kann ich dir sagen, auch wenn ich nicht einmal weiß, was er bedeuten soll. Er sagte zum Abschied: ‚Ich muss leider gehen, denn das Feuer in mir ist stark.'"

Arius horchte auf und ein Schauer durchzog ihn. Also war sein Vater ein Elementarier gewesen, mit denselben Kräften wie er. Aber seine Mutter schien wirklich nichts zu ahnen. Sie hatte ihm also nicht absichtlich verschwiegen, wer er war.

Saria rutsche ungeduldig auf ihrem Kissen hin und her. „Und was ist mit mir?" Ihre Mutter strich ihr durchs Haar.

„Du bist ein Geschenk des Meeres."

Saria schaute ihre Mutter verständnislos an.

„Eines Tages, ich war wieder auf der *Terrana* unterwegs, bemerkte ich etwas im Wasser. Als wir es an Bord zogen, staunten wir nicht schlecht. Denn das kleine Bündel, das in dem Korb lag, war ein Baby. Du Saria. Mit nichts Weiterem als einem Kärtchen mit deinem Namen. Es war ein Wunder, dass du auf dem offenen Meer überlebt hast!"

Saria wurde bleich. „Dann bist du nicht meine Mutter?"

Die Mutter schaute Saria eindringlich an. „Sag das nicht! Ich habe dich zwar nicht geboren, aber du bist trotzdem meine Tochter! Ich habe dich vom ersten Tag an geliebt."

Saria nahm ihre Mutter mit glasigen Augen in den Arm. Auch

wenn sie diese Neuigkeiten erschreckten, so stimmte es, sie hätte sich keine bessere Mutter wünschen können.

„Deshalb, meine Kleine, kann ich dir sehr wenig über dich sagen. Aber wir gingen von Anfang an davon aus, dass du Trockenländerin bist. Du sahst so aus und bald erlangtest du auch die Fähigkeiten einer Trockenländerin."

Arius und Saria schauten sich an. Es war ein seltsames Gefühl, auf der einen Seite mehr über sich zu erfahren und auf der anderen noch weniger zu wissen als zuvor.

Als auch die letzte Kerze in den Zelten erlosch, traf sich die Crew auf dem Dorfplatz. Die Gerüche des verlebten Festes lagen noch in der Luft und die letzte Glut war gerade erst verglimmt.

„Ich habe mich gerade mit den Zwillingen in Verbindung gesetzt, noch ist alles ruhig, aber wir sollten so schnell wie möglich los." Arius fühlte seine Aufregung steigen, hoffentlich würde ihr Plan funktionieren.

Wie besprochen flogen die fünf Piraten zurück zur *Elementia*. Trotz der metallischen Flügel dauerte der Flug mehrere Stunden. Als sie kurz vor der Küste waren, machte Arius Meldung bei Ocean: „Die Zwillinge versuchen mich zu erreichen. Sie sehen in der Ferne ein fremdes Schiff. Wir müssen uns beeilen."

Zum Glück waren die fünf nicht mehr weit vom Anlegeplatz entfernt. Schnell gingen sie an Bord und zusammen setzten sie die *Elementia* in Bewegung.

Wie geplant segelten sie ein Stück westwärts, wo sie das Schiff in einer Bucht versteckten. Sie hofften, dass die Angreifer sie nicht gesehen hatten. Schließlich war es stockdunkel und die *Elementia* nur ein kleines Segelboot.

Das fremde Schiff kam immer näher. Die Crew wurde nervös. Saria gab das Zeichen, dass sich das feindliche Schiff nun am Anlegeplatz befand. Tail schlüpfte ins Wasser und schwamm hin. Da das Wasser nachts schwarz war wie Tinte, bemerkte sie niemand. Ganz nah neben der Schiffswand tauchte sie wieder auf, so konnte sie ein paar Gesprächsfetzen mithören.

„Niemand da … muss sich geirrt haben … Zeitverschwendung … wieder abhauen … auf die Insel …"

Volltreffer! Tail schwamm schnell zu den anderen zurück. „So weit so gut. Sie wollen zurück auf die Insel."

Der Plan war aufgegangen. Sie konnten nun dem Schiff des *Inneren Kreises* auf ihre Insel folgen. Nun galt es, nicht erwischt zu werden und mit sicherem Abstand zu folgen. Aber immerhin befanden sich drei gute Schwimmer unter ihnen und sie hatten Feather, der seine Flügel, anders als die restliche Crew, perfekt beherrschte.

KAPITEL IX

Die Insel

Die *Elementia* glitt fast lautlos durchs Wasser. Saria, die im Ausguck saß, konnte das Schiff des *Inneren Kreises* nicht mehr ausmachen. Dies war aber auch der Plan, denn Darksoul, Fireeye und Tail verfolgten das Schiff unter Wasser. So blieben sie unbemerkt und durch die Telepathie konnten sie Arius regelmäßig den Standort durchgeben.

Bei der ganzen Aufregung kam Saria das erste Mal dazu, das Logbuch herauszunehmen, um zu sehen, was passieren würde, sobald der Tag anbrach.

Logbucheintrag, Sonntag, 8. Juli.

Wir haben sie gefunden! Heute in den späten Morgenstunden ist es uns gelungen, die Insel des Inneren Kreises zu finden. Der Plan hat perfekt funktioniert. Um unbemerkt zu bleiben, haben wir auf der anderen Seite der Insel angelegt und Feather hat inzwischen aus der Luft beobachtet, welchen Weg die Feinde einschlugen. Als er von seinen Beobachtungen zurückkam, fing er einen Streit mit Arius an und verschwand daraufhin. Auch wenn wir einer weniger waren, wollten wir doch versuchen, den Inneren Kreis zu finden. Wir beschlossen, dass Arius und ich als Späher am besten geeignet waren, da wir uns unsichtbar machen konnten. Es dauerte auch nicht lange, da konnten wir dank der vorherigen Angaben von Feather den Inneren Kreis ausfindig machen. Weit im Inselinneren stand ein altes Fort. Es war halb verfallen und Hunderte von Kapuzenträgern schlichen darin umher. Wir versuchten, näher heranzukommen, um zu sehen, was passierte. Im Zentrum des Forts erfuhren wir den genauen Plan des Inneren Kreises. Mit diesen Informationen kehrten wir zurück zum Schiff. Angesichts der feindlichen Überzahl mussten wir uns einen Plan zurechtlegen. Wir trugen die Insel in unsere Karten ein und fuhren sicherheitshalber ein Stück aufs offene Meer, um nicht doch noch vom Feind gefunden zu werden.

Saria atmete durch. Zum Glück schien der morgige Tag keine allzu schrecklichen Ereignisse bereitzuhalten. Trotzdem durchfuhr sie ein aufgeregtes Kribbeln. Was wird wohl der Plan des *Inneren Kreises* sein? Morgen um diese Zeit wüsste sie bestimmt mehr.

Am frühen Morgen kam die Crew zusammen und Saria erzählte vom Logbucheintrag. So übertrug sich ihre Aufregung auch auf die anderen. Endlich würden sie Antworten finden.

Später, es war schon fast Mittag, legte die *Elementia* an. Wie im Logbuch beschrieben, ankerten sie in einer versteckten Bucht, um nicht vom *Inneren Kreis* entdeckt zu werden.

Es dauerte nicht lange, da kam Feather von seinem Erkundungsflug zurück. „Sie sind im Inselinneren. Das sind die Koordinaten." Er reichte Ocean ein Stück Papier.

Arius war angespannt, da er wusste, dass sich eine Vielzahl von Feinden nur wenige Kilometer von ihnen entfernt aufhielt. „Ist das alles? Hast du nicht noch ein paar zusätzliche Informationen für uns?", blaffte er Feather an.

Feather ließ sich sofort auf den Streit ein. „Oh entschuldige, wenn ich nicht so perfekt und allwissend bin wie ihr Elementarier!"

Arius stellte sich mit blitzenden Augen direkt vor Feather. „Was soll das schon wieder? Meinst du, es ist einfach, jemand anderes zu sein als man immer geglaubt hat? Warum verhältst du dich in letzter Zeit so daneben?"

Feather rückte noch ein wenig näher und schaute Arius direkt in die Augen. „Ja, tu nur so. Von wegen schwierig. Du genießt es doch, etwas Besonderes zu sein. Genau wie die beiden da!" Er zeigte auf Darksoul und Fireeye. „Ich bin für euch nichts Weiteres als ein fliegender Postbote. Dabei seid ihr es, die sich schämen sollten! Das, was ihr seid, ist nicht normal. Ihr seid eine Bande ekliger Bastarde! Weder Fisch noch Fleisch. Pfui Teufel!"

Die drei Beleidigten waren ehrlich erschrocken über diese verletzenden Worte. Arius' Wut steigerte sich ins Unermessliche. „Ach ja? So siehst du das? Dann verschwinde doch! Hier brauchen wir keine Ratten. Der Stress mit dir hält uns doch nur auf."

So hatte Saria ihren Bruder noch nie gesehen. Aber sie verstand ihn. Auch wenn es die anderen noch nicht wussten, sie fühlte sich auch angesprochen. Schließlich wusste sie auch nicht genau, wer sie war.

Nach diesem Wortwechsel flog Feather davon. Zwar hatten alle gewusst, dass es so kommen würde, aber dass der Streit solche Ausmaße annehmen würde, hätte niemand gedacht.

Nachdem sich alle etwas beruhigt hatten, machten sich Arius und Saria auf den Weg ins Inselinnere. Es war eine sehr dicht bewachsene Insel. Es fiel ihnen schwer voranzukommen. Palmen, Sträucher und riesige Pflanzen wucherten den kleinen Pfad, den sie gefunden hatten, komplett zu. Es war fast unerträglich heiß und ein schwerer blumiger Geruch lag in der Luft. Da sie nicht wussten, ob der *Innere Kreis* die ganze Insel bewachte, mussten sie den ganzen Weg unsichtbar bestreiten. Dies strengte sie zusätzlich an und verlangte ihnen alle Konzentration ab.

Je weiter sie ins Inselinnere kamen, desto mehr Kapuzenträger patrouillierten durch die Gegend. Alle schienen schwer bewaffnet. Die Geschwister waren sich sicher, dass auch unsichtbare Trockenländer unter den Mitgliedern sein würden, deshalb galt es, noch vorsichtiger zu sein.

Langsam lichtete sich der Dschungel etwas. In einer Senke umgeben von einem Graben stand das Fort, eine befestigte Anlage, die von außen kaum einsehbar war. Es war halb verfallen, aber extrem gut bewacht. Wie vom Logbuch prophezeit, wimmelte es nur so von Kapuzenträgern.

Arius und Saria nahmen all ihren Mut zusammen und schlichen sich in das Fort. Dort herrschte eine seltsame Stimmung. Einerseits merkte man die Spannung, die in der Luft lag, andererseits herrschte eine eisige Kälte. Die Mitglieder schienen alle in eine Richtung unterwegs zu sein, also folgten ihnen die Geschwister. Im Zentrum des Forts befand sich ein Amphitheater, in dem sich der *Innere Kreis* versammelte. Es fühlte sich wie in einem Bienenstock an. Das Gemurmel der unzähligen Menschen mischte sich zu einem sonoren Brummen. Arius und Saria war bewusst, nun würden sie den Plan ihrer Feinde erfahren.

Nachdem sich die Reihen rundherum gefüllt hatten, betrat ein Mann die Bühne in der Mitte. Auch er trug einen Kapuzenmantel, aber anders als bei den anderen war dieser komplett aus rotem Stoff. Er hob die Hand und es wurde still. Nach einer Kunstpause fing er an zu sprechen. „Brüder, unsere Zeit ist gekommen. Endlich, nach all den Jahren, haben wir alle Kompasse in unserer Hand!"

Die Geschwister erschraken. Das hieß, der *Innere Kreis* hatte inzwischen auch den letzten Kompass gefunden. Hoffentlich war es noch nicht zu spät!

Der Anführer sprach weiter. „Beim nächsten Vollmond werden wir die Meereshexe vernichten. Ihre schier endlose Macht wird auf uns übergehen und Calvaria wird unser sein!"

Jubel brach aus und Arius und Saria nutzten den günstigen Moment, um sich aus dem Staub zu machen. Den ganzen Weg zurück zur *Elementia* sagten sie kein Wort. Teils aus Furcht entdeckt zu werden, teils, da ihnen das Gehörte noch Angst und Schrecken bereitete.

Durch seine telepatischen Fähigkeiten teilte Arius den anderen mit, dass sie gleich beim Schiff ankommen würden und so bereiteten die anderen zwischenzeitlich die Abfahrt vor. Kaum dass die Geschwister an Bord waren, segelte die *Elementia* aufs offene Meer hinaus. Saria und Arius sahen sich an, sagen mussten sie beide nichts. Ihnen war klar, dass der nächste Vollmond Calvaria für immer verändern würde.

KAPITEL X

Die nächsten Schritte

Der Abend brach bereits herein, als die Piraten an einem sicheren Ort vor Anker gingen. Wieder auf dem Meer zu sein, den Wind zu spüren und das Salz in der Luft zu riechen, hatte eine beruhigende Wirkung auf die Crew. Bis jetzt hatten Arius und Saria mit ihrem Bericht gewartet, sie wollten, dass alle Crew-Mitglieder anwesend waren, aber Feather schien nicht wiederzukommen. So erzählten sie den verbliebenen Kameraden jedes Detail von dem, was sie gesehen und gehört hatten.

Ocean hatte noch während des Berichts angefangen, etwas auf einen Zettel zu schreiben und reichte ihn Arius. „Der nächste Vollmond ist in drei Tagen. Das heißt, wir haben drei Tage Zeit, uns etwas einfallen zu lassen. Wenn euer Bericht stimmt, und davon gehe ich aus, sind uns unserer Feinde weitaus überlegen – sie sind in der Überzahl. Was wir brauchen, ist eine ganze Armee von Piraten."

Tail nickte. „Da gebe ich dem Kapitän recht. Aber wie wollen wir das anstellen? Ich meine, wir haben es im Trockenland erlebt, man kann niemandem trauen. Wer weiß, wer noch alles Mitglied des *Inneren Kreises* ist."

Arius stimmte ihr zu. „Das Schlimmste wäre, wenn wir die

Falschen ins Vertrauen ziehen würden und der *Innere Kreis* von unserem Vorhaben erfahren würde."

Alle dachten angestrengt nach. Die Erste, die wieder das Wort ergriff, war Saria. „Eine andere Frage, die wir uns stellen sollten, ist, wie wollen sie diese Meereshexe bezwingen? Vielleicht, wenn wir mehr über dieses Ritual oder die Meereshexe selbst erfahren würden, könnten wir ihren Tod verhindern."

Fireeye sah nachdenklich aus. „Wollen wir ihr eigentlich helfen? Ich meine, natürlich wollen wir nicht, dass der *Innere Kreis* an die Macht kommt, aber war es nicht die Meereshexe, die die Elementarier verbannen wollte?"

Das machte Arius nachdenklich. „Naja, ob sie es wollte, wissen wir nicht. Im Buch stand damals nur, dass die Anführer der Völker das wollten. Und am Ende hat sie es ja nicht gemacht, oder? Wir müssten nochmals in die versunkene Bibliothek, aber ohne Feather schaut es für uns Nicht-Aquarianer schlecht aus."

Tail grinste. „Na, vielleicht auch nicht!"

Arius wollte wissen, wie sie das meinte, aber Tail schrieb einfach ein paar Koordinaten auf einen Zettel und reichte ihn Ocean. „Dorthin sollten wir morgen früh segeln. Den Rest erkläre ich euch noch rechtzeitig. Gute Nacht!"

„Na, das war ja richtig informativ." Darksoul zuckte mit den Achseln. „Aber sie wird schon wissen, was sie tut. Lasst uns alle schlafen gehen und Saria, vergiss nicht, ins Logbuch zu schauen!"

So machte sich jeder auf in seine Kajüte. So richtig schlafen würde zwar keiner, aber sie mussten bestmöglich ausgeruht sein, um bei wachem und klarem Verstand zu sein.

Bevor Saria ihr Logbuch herausholte, nahm sie sich endlich

Zeit, um über das vergangene nachzudenken. Bis jetzt hatte sie verdrängt, was sie von ihrer Mutter erfahren hatte, aber es war an der Zeit, sich der Wahrheit zu stellen. Sie wusste nicht, wer sie war! Die Erklärung ihrer Mutter machte Sinn, dass sie aussah und sich benahm wie eine Trockenländerin, aber das war bei Arius genauso. War sie vielleicht auch Elementarierin? Wer waren ihre leiblichen Eltern? Sie wusste, wahrscheinlich würde sie dies nie erfahren.

Schließlich holte sie das Logbuch heraus, so wie es bereits ein fester Bestandteil ihres Tages geworden war, und wartete auf die magische Botschaft.

Logbucheintrag, Montag, 9. Juli.

Heute haben wir in Aquasia angelegt. Es ist erstaunlich, eine komplette Stadt unter Wasser vorzufinden. Tail hat uns die Stadt gezeigt und uns ein paar ihrer alten Crew-Mitglieder vorgestellt.

Durch einen Tunnel sind wir in die versunkene Bibliothek gekommen. Wie bei unserem ersten Besuch gestaltete sich die Suche nach Informationen als ziemlich schwierig. Es dauerte Stunden, bis wir das bisschen Information herausgefunden haben. Vielleicht hätten wir auf anderem Weg mehr erfahren.

Wir haben die Nacht in Acquatica verbracht und sind dann am nächsten Morgen dem Rat von Darksoul gefolgt.

Saria schloss das Buch. Das hatte Tail also gemeint, ein Tunnel, der von Aquasia direkt in die versunkene Bibliothek führte. Aber wie sollten sie überhaupt nach Aquasia kommen? Die *Elementia* konnte doch nicht tauchen, wie die *Balaena.* Jeder Tag schien neue Überraschungen bereitzuhalten. Eigentlich genau das, was sie und Arius sich vom Piratenleben erhofft hatten.

KAPITEL XI

Aquasia

Früh morgens erzählte Saria ihren Crew-Mitgliedern, was das Logbuch geschrieben hatte. Tail grinste, denn sie wusste bereits, wohin die Reise gehen sollte.

„Tail, eins habe ich mich gestern schon gefragt: Wie kommen wir ohne tauchendes Schiff unter Wasser?"

Tails Grinsen wurde noch breiter. „Das werdet ihr schon noch sehen. Ihr müsst einfach auf mich hören und mir vertrauen."

So viel Selbstbewusstsein stand ihr gut, fand Arius und blickte verlegen weg, als er merkte, dass Saria aufgefallen war, wie er Tail anstarrte. Nun musste Saria grinsen, dass Arius etwas für die schöne Aquarianerin übrig hatte, war ihr schon damals auf dem Markt im Herzen von Calvaria aufgefallen.

Darksoul sprach etwas aus, das jedem wohl im Hinterkopf saß. „Sollen wir ohne Feather nach Aquasia? Wenn wir dorthin segeln, wird er uns nicht mehr finden können."

Nun lag es an Ocean, die Entscheidung zu treffen. Er schrieb die Anweisung auf den Zettel und reichte ihn Arius, der ein schlechtes Gewissen zu haben schien. „Ocean meint, wir sollen ohne ihn weiterfahren. Wir haben einfach nicht die Zeit zu warten, bis er es sich vielleicht anders überlegt."

Damit war es entschieden, sie setzten die Segel. Am Ende hatte der Kapitän auch recht, wer wusste, ob Feather überhaupt zurückkehren würde?

Das Meer und der Wind spielten mit und es dauerte nicht lange, bis sich die *Elementia* den Koordinaten näherte.

Tail ging zum Kapitän und bat ihn, die Anweisungen sprechen zu dürfen. „Crew, hört gut zu: Sobald wir angekommen sind, holt ihr die Segel ein. Dann nehmt ihr ein Tau und bindet euch an den Masten fest. Wenn ich ‚jetzt' schreie, müsst ihr so gut wie möglich die Luft anhalten. Außer der Zwillinge und mir natürlich."

Arius wollte schon nachhaken, da hörten sie plötzlich ein Rauschen.

Saria schrie aus dem Ausguck. „Abdrehen! Wir fahren direkt auf einen Strudel zu!"

Der Kapitän wollte schon Anweisung zur Wendung machen, aber Tail hielt ihn zurück. „Ihr müsst mir vertrauen! Holt jetzt die Segel ein und bindet euch fest."

Die *Elementia* hatte nun den Strudel erreicht. Der Lärm war ohrenbetäubend und das Schiff ächzte unter der Gewalt des Wassers. Schnell führte die Crew die Anweisungen aus. Gerade rechtzeitig, denn die *Elementia* wurde in den Strudel gezogen. Schneller, immer schneller zog es das kleine Schiff weiter in den Strudel hinein. Jetzt verstanden die Piraten auch, warum sie sich festbinden hatten müssen, denn das Schiff fuhr fast waagrecht im Strudel. Sarias Herz hämmerte, das hätte ihr das Logbuch ruhig erzählen können, dann wäre sie zumindest vorbereitet gewesen.

Die *Elementia* hatte fast den Mittelpunkt des Strudels erreicht, da schrie Tail gegen den Lärm an. „Jetzt!"

Die Piraten atmeten tief ein und schon zog es das Schiff unter Wasser. Die *Elementia* wirbelte nun fast kerzengerade hinunter Richtung Meeresboden.

Arius spürte, wie ihm langsam die Luft fehlte. Das Kratzen im Hals und der Drang nach Luft wurden immer stärker. Gleich würde es passieren, er würde ersticken. Er schloss die Augen und versuchte mit letzter Kraft die Luft anzuhalten, aber reflexartig atmete er tief ein. Doch anders als erwartet, war es kein Wasser, das er schluckte, es war Luft, die seine Lungen füllte. Er öffnete verwundert die Augen. Auch die übrigen Piraten schauten sich erstaunt um. Die *Elementia* lag friedlich an einem Anlegeplatz als wäre nie etwas gewesen.

Strahlend stellte sich Tail in die Mitte ihrer Crew. „Willkommen in Aquasia! Ihr könnt euch jetzt losmachen. Wie ihr seht, ist unsere Stadt von einer Luftblase eingehüllt."

Die Piraten machten sich los und sahen sich um. Der Anlegeplatz lag noch außerhalb der Stadtmauern, aber bereits im Inneren der Luftblase. Drehte man sich Richtung Aquasia, sah man eine beeindruckende Stadt, die einem Korallenriff ähnelte. Die Türme und Häuser ragten säulenartig aus dem Boden. Die ganze Stadt wurde von einer Mauer umgeben. Am Tor standen dieselben Statuen, die sie bereits am Eingang zur versunkenen Bibliothek gesehen hatten. Drehte man sich aber in die entgegengesetzte Richtung, sah man das wilde Meer rund um die Luftblase herum. Fische, Rochen, Haie, Schildkröten und Quallen schwammen dicht an der Blase vorbei. Ein unglaubliches Gefühl, mitten im Ozean zu stehen!

Saria hatte ein ganz besonderes Kribbeln im Bauch. Sie hätte nie gedacht, dass sie sich unter Wasser so wohlfühlen könnte.

PROFUN

Ocean gab den Befehl zum „Landgang“ und die Crew machte sich mit Tail an der Spitze auf in die Stadt. Darksoul und Fireeye wollten auf dem Schiff zurückbleiben, um wie in den anderen Ländern die Bewohner nicht zu verschrecken, aber Tail lächelte nur. „Hier haben wir keine große Angst vor Feuer.“ Sie zeigte auf das ganze Wasser rund um sie herum. „Glaubt ihr nicht auch, dass hier keines lange brennen würde?“ Sie zwinkerte den Zwillingen zu. Man sah förmlich, wie sie hier unter Wasser noch mehr aufblühte.

Aquasia war beeindruckend. Die Gebäude sahen nicht nur aus wie Korallen, es waren welche. Es roch nach Salz und Fisch, wie auf dem Markt im Herzen von Calvaria. Zwar war das Meer durch die Luftblase ausgeschlossen, aber an Wasser mangelte es in der Stadt trotzdem nicht. Wohin man auch sah, schwebten Wasserbälle in unterschiedlichsten Größen durch die Luft, fast so wie Seifenblasen. In der einen schwammen Kinder, in dem anderen wusch eine Frau ihre Wäsche und in einem anderen tummelten sich Thunfische. „Das ist besser als jeder Kühlschrank!“, erklärte Tail und zeigte auf die Blase mit den Fischen, „frischer kriegst du sie nicht.“

Die Aquarianer begrüßten die Crew freundlich und sogar die Feueraugen wurden geduldet. Tail stellte ihren Kameraden ein paar ihrer alten Crew-Mitglieder vor. Dabei achteten alle genau darauf, was sie wem erzählten.

Am Nachmittag, nachdem sich die Crew davon überzeugen konnte, wie lecker der frische Thunfisch war, machten sie sich auf den Weg, um das zu erledigen, weswegen sie hergekommen waren.

„Wir müssen in den Norden der Stadt. Von dort führt der Tunnel direkt zur Bibliothek.“ Tail wandte sich zum Gehen.

Saria hielt sie noch einen Moment zurück. „Wartet! Im Logbuch stand, dass wir in der versunkenen Bibliothek nur wenig herausgefunden haben. Ich glaube, es ist besser, wenn ich zurückbleibe und versuche, hier etwas herauszufinden."

„Soll ich bei dir bleiben, Schwester?" Auch wenn sie jetzt eigentlich wussten, dass sie keine leiblichen Geschwister waren, so würden sie es trotzdem für immer bleiben und sich auch so fühlen.

„Nein, Arius, geh ruhig mit, damit ihr zumindest das Bisschen herausfindet, das ihr herausfinden sollt. Hier wird mir schon nichts passieren und wer sagt, dass es hier überhaupt irgendetwas aufzudecken gibt? Die Bibliothek ist immer noch der beste Ort zum Suchen."

Tail bestätigte dies und deshalb ging Arius beruhigt mit den anderen mit in Richtung Norden.

Der Tunnel war größer als erwartet. Sobald sie ihn betraten, fingen die Wände an zu leuchten. Der ganze Tunnel war von einer biolumineszenten Flechte bewachsen und so konnten die Piraten einfach dem blauen Licht folgen, um zur Bibliothek zu gelangen. Der Tunnel war lang und der Fußmarsch zog sich hin.

Als Tail bemerkte, dass ihre Freunde nicht mit so einer Entfernung gerechnet hatten, erzählte sie ihnen, warum die Bibliothek so weit von der Stadt entfernt lag.

„Früher war die Stadt Aquasia viel größer. Damals lag die Bibliothek noch innerhalb der Luftblase. Es soll einmal eine riesige Schlacht mit den Atlantiden gegeben haben. Dort, so heißt es, ist die halbe Stadt gefallen."

Nach einer halben Stunde kamen die Piraten endlich bei der Bibliothek an. Auch wenn sie bereits zum zweiten Mal hier waren, beeindruckte sie die Größe erneut.

Arius sah sich um. „Also wie beim letzten Mal? Jeder übernimmt einen Teil und wenn jemand etwas gefunden hat, setzen wir uns zusammen."

Wie erwartet war die Suche schwierig und zäh. Arius hoffte, dass es seiner Schwester leichter fallen würde, an Informationen zu kommen.

KAPITEL XII

Die Herrscherin der Meere

Saria hatte sich in die entgegengesetzte Richtung von Aquasia aufgemacht. Der südliche Teil der Stadt schien ein sehr geschäftiger zu sein. Dort fand man weniger Wohnräume, dafür mehr Tavernen und Geschäfte. Saria fand diese Stadt aufregend. Auf sonderbare Weise kam sie sich hier gar nicht so fremd vor, wie sie es sollte. In einer Taverne begann sie ein Gespräch mit dem Wirt. Sie dachte, wenn jemand viele Geschichten hörte, dann wohl ein Tavernen-Besitzer. Bei einem Krug Wasser, dies war anscheinend das Lieblingsgetränk der Aquarianer, verwickelte sie den Wirt in ein Gespräch über alte Mythen. Zuerst sprach sie absichtlich über Riesenkraken und von wilden Völkern. Sobald sie das Gefühl hatte, der Mann war gesprächig geworden, lenkte sie das Thema geschickt in Richtung Meereshexe. Der Wirt brummte. „Meereshexe. Ich glaube nicht an eine Hexe, die die Macht hätte, Völker und Meere zu unterwerfen. Wenn jemand solche Macht hätte, dann würde er auch davon Gebrauch machen."

Mehr war aus dem Wirt nicht herauszubekommen, denn eine ganze Crew kam zur Tür herein und er musste sich um sein Geschäft kümmern.

Saria verließ die Taverne und ging weiter Richtung Süden. Am südlichsten Punkt der Stadt führte eine schiffsbreite Treppe auf eine Aussichtsplattform. Die Plattform war direkt unter der Kuppel. Bänke luden dazu ein, sich hinzusetzen und die Unterwasserwelt zu bestaunen. Saria wählte eine Bank am Rande der Plattform und blickte ins schier unendliche Blau. Sie hatte das Gefühl, darin zu versinken und dass ihr Herzschlag sich den Wogen des Meeres anpasste.

„Ein ganz besonderes Gefühl, nicht?"

Saria erschrak, sie hatte gar nicht bemerkt, dass jemand neben ihr stand. Es war eine alte Frau, die sie angesprochen hatte und ihr irgendwie bekannt vorkam.

„Kennen wir uns nicht?" Saria dachte immer noch angestrengt nach, woher sie diese Frau kennen könnte.

Die Frau zuckte mit den Schultern. „Ach, mich kennt fast jeder ein wenig. Mal bin ich da, mal bin ich dort."

Das war ja eine seltsame Antwort, dachte sich Saria und blickte die Alte von der Seite an. Woher kannte sie diese Frau bloß?

„Wenn man hierherkommt, braucht man zumeist Zeit für seine eigenen Gedanken. Angesichts des schier endlosen Ozeans kommen einem seine Probleme kleiner vor. Wie ist es mit dir, Kleines, sind deine Gedanken immer noch so groß?"

Saria war überrascht, die Alte schien eine gute Menschenkenntnis zu haben.

„Ich habe in letzter Zeit so viel erfahren und weiß am Ende doch noch so wenig über mich. Es beschäftigt mich einfach, nicht zu wissen, wo ich herkomme. Jede Erinnerung scheint eine Lüge und doch könnte ich mir keine schönere Kindheit und keine bessere Mutter wünschen."

Die Alte nickte. „Ja, manchmal kommen wir an einen Punkt, wo wir nicht mehr wissen, wer wir sind, aber glaub mir, auch du wirst bald wieder deiner sicher sein."

Die Worte der Alten gaben Saria Hoffung und ihr Herz sagte ihr, sie könne ihr vertrauen. So fragte Sie gerade heraus: „Was wissen sie über die Meereshexe?"

„Meereshexe?", die Alte schüttelte den Kopf, „eine Meereshexe gibt es nicht."

Saria wollte schon enttäuscht den Kopf hängen lassen, als die Alte weitersprach: „Es hat auch nie eine Hexe des Meeres gegeben, wohl aber eine Göttin."

„Eine Göttin?" Saria sah die Alte erwartungsvoll an.

„Ja, eine Göttin. Ihr Name ist Airas und sie ist die Herrscherin der Meere. Diesen widerlichen Namen Meereshexe haben ihr nur die argwöhnischen Piraten gegeben. Ach, diese Menschen, wenn nicht sie es sein können, die die Macht besitzen, dann soll es niemand sein."

Saria staunte. „Was können sie mir noch erzählen?"

Die Alte schmunzelte über Sarias Begeisterung.

„Airas war schon immer ein wichtiger Teil der Welt gewesen. Sie hat die Meere gebändigt und den Menschen geholfen. Aber eines Tages wollten die Menschen ihre Macht stehlen und sie machten sie für schlimme Vorfälle, wie Überschwemmungen und Unglücke auf See, verantwortlich. So wurde aus einer Göttin eine Hexe. Als nun immer mehr Piraten glaubten, in Airas eine Feindin zu haben, beschlossen sie, sie zu vernichten."

Sarias Augen waren tellergroß. „Und wie wollten sie das anstellen?"

„Die Göttin hatte den sechs Völkern je einen Kompass geschenkt, damit sie auch auf sich selbst achten konnten und die Anführer der Völker wollten diese benutzen, um die Göttin ihrer Macht zu berauben."

Saria dachte über das Gehörte nach. „Wir haben in einem Buch gelesen, dass der Anführer der Elementarier alle anderen Völker unerbittlich angriff und deshalb die anderen Stammesführer die Meereshexe, äh Göttin, um Hilfe gebeten haben, um die Elementarier zu verbannen."

Die Alte nickte. „Es waren wilde Zeiten damals. Wie unter allen Herden gab es auch bei den Elementariern ein schwarzes Schaf. Dieser Anführer hatte es wirklich zu weit getrieben, aber das mit dem Pakt stimmt nicht. Anders als in der Geschichte, die ihr gelesen habt, hat Airas selbst dafür gesorgt, dass dieser Anführer seine Lektion erhalten hatte. Alles andere wurde mutwillig von hinterhältigen Piraten in die Welt gesetzt."

„Deshalb gibt es die Elementarier und die Kompasse auch noch!", rief Saria begeistert.

Die Alte stand auf. „Bleib so gescheit und du wirst bald deine Berufung finden. Übrigens, schönes Armband." Sie zwinkerte und ging davon.

Saria starrte auf das Armband und fragte sich, wer wohl diese alte Frau war.

In der Zwischenzeit hatten Arius und die anderen in der Bibliothek ein altes Buch über magische Gegenstände gefunden.

Tail las vor. „Die Gezeitenkompasse. Am Anfang aller Zeiten, dem Ursprung der Völker, verteilte die Meereshexe sechs Kompasse an die Führer der Völker. Diese Kompasse waren komplett aus Silber gefertigt. Ihre magischen Fähigkeiten erlaubten den Benutzern, die Gezeiten zu beeinflussen. Dafür benötigten sie nur das richtige Armband. Durch das Hineinlegen des passenden Anhängers konnte der Meeresspiegel gesenkt oder angehoben werden. Einer Legende zufolge könne man die Hexe herbeirufen und von ihren Kräften trennen, wenn man alle Kompasse vereint und mit einem Schwert zerteilt. Die Kompasse gelten als verschollen."

Das war also die Information, die sie heute finden sollten. Dies war wirklich nicht viel. Sie hofften, Saria hatte etwas mehr herausgefunden, ansonsten würde es schwierig werden, den Plan des *Inneren Kreises* zu vereiteln.

Zurück in Aquasia traf die Gruppe wieder auf Saria. Sie beschlossen, auf ihrem Schiff zu schlafen, um dort in Ruhe über alles sprechen zu können.

Die Information aus der Bibliothek war schnell an Saria weitergeben. Sarias Neuigkeiten dagegen erstaunten alle. Besonders Tail war verwundert, dass sie so lange in einem Meeresreich gelebt hatte, ohne jemals von Airas gehört zu haben.

„Das kann ich einfach nicht glauben. Es gibt also eine Göttin der Meere und wir Piraten schimpfen sie Hexe?"

Saria nickte. „Ja, und umso wichtiger ist es, dass wir sie retten! Denn wenn Airas die Meere bändigt und beschützt, möchte ich nicht wissen, was passiert, wenn sie nicht mehr da ist."

Arius sah zu Ocean. „Und wie wollen wir vorgehen? Was sind unsere nächsten Schritte?"

Ocean überlegte, er schien noch keine konkrete Idee zu haben. Also meldete sich Darksoul zu Wort. „Wir könnten ins Feuerland fahren."

Die übrigen Crew-Mitglieder schauten ihn verständnislos an. Niemand fuhr einfach so ins Feuerland.

Darksoul versuchte zu erklären. „Wir brauchen immer noch Verbündete und wir wissen nicht, wem wir trauen können, bei einem bin ich mir aber sicher: meinem Vater. Schließlich ist er auch Elementarier. Zudem können wir im Feuerland unsere telepathischen Fähigkeiten nutzen und so besser die Absichten der Piraten einschätzen."

Ocean hielt Arius einen Zettel hin. „Der Kapitän hält das für eine gute Idee. Er findet, wir sollten morgen ins Feuerland aufbrechen. Saria soll das Logbuch befragen. Dann können wir uns immer noch anders entscheiden."

„Das klingt doch nach einem Plan!" Saria stand auf. „Dann geh ich mal in meine Kajüte und schau, wie es morgen weitergeht."

Wie gewohnt setzte sich Saria mit ihrem Logbuch an den kleinen Tisch, um im Schein der Kerzen den Eintrag zu lesen.

Sie wartete und wartete, aber es wollten keine Sätze erscheinen. Als sie schon aufgeben wollte, färbte sich die Seite plötzlich schwarz und braun und es roch nach Verbranntem. Das konnte kein gutes Zeichen sein!

Der Logbucheintrag ließ auch den Rest der Crew nicht auf Gutes hoffen. Eine verbrannte Seite vertrug sich nicht mit dem Plan, ins Feuerland zu segeln.

Arius gab wie gewohnt die Anweisungen des Kapitäns durch. „Mit dieser Prophezeiung können wir nicht ins Feuerland. Wir müssen uns etwas anderes einfallen lassen."

Fireeye hatte eine Idee. „Vielleicht reicht es ja, wenn wir in die Nähe des Feuerlandes segeln. Dort könnt ihr vor Anker gehen und Darksoul und ich schwimmen das letzte Stück. Wir können dann unbemerkt mit Vater sprechen und ihr bringt euch nicht unnötig in Gefahr."

Arius verspürte wieder ein wenig Hoffnung. „Das klingt nach einem Plan. Kapitän?"

Ocean nickte und so war es beschlossene Sache. Sie machten sich auf Richtung Feuerland.

KAPITEL XIII

Rauch und Asche

Je weiter die *Elementia* Richtung Nord-Ost segelte, umso schwärzer wurde das Meer. Immer öfter ragten messerscharfe Klippen bedrohlich aus dem Wasser hervor. Saria bildete sich sogar ein, den Geruch von Rauch und Schwefel in der Nase zu haben.

Auch die anderen schienen immer nervöser zu werden, selbst die Zwillinge hatten Respekt vor ihrer Aufgabe. Schließlich wussten die Feueraugen nicht, dass sie Elementarier waren und das sollte auch so bleiben.

„Kapitän, das ist nah genug. Von hier aus können wir es schaffen. Am besten, ihr geht dort hinten vor Anker. Dort seid ihr etwas geschützt." Darksoul zeigte auf eine Felsformation, die sich steuerbord von ihnen befand.

Die Feueraugen-Zwillinge machten sich auf den Weg, sobald die *Elementia* hinter der Feldformation ankerte. Der restlichen Crew blieb nichts anderes übrig als zu warten. Also setzten sie sich zusammen und Saria sprach ein Thema an, das sie bisher gemieden hatten.

„Was glaubt ihr, wo Feather ist? Vielleicht auf der *Liberty*?"

Arius fühlte sich sofort schuldig. „Ich hätte nicht so hart zu ihm sein dürfen. Ich weiß ja, wie er ist."

Tail berührte seinen Arm. „Du darfst nicht dir die Schuld dafür geben. Schließlich hattet ihr euch beide nicht mehr im Griff."

Ocean bestätigte durch ein Nicken Tails Aussage.

„Zudem hat Saria sicher recht. Er wird auf der *Liberty* sein und dort zusammen mit seinem Vater die Lüfte erobern."

Arius wirkte plötzlich abgelenkt und bedeutete den andern still zu sein. „Ich empfange etwas. Es ist nur schwach und unverständlich."

Saria war sofort besorgt. „Geht's den Zwillingen gut?"

Arius blickte finster. „Es sind nicht die Zwillinge."

Mit diesen Worten drehte er sich um und blickte aufs Meer. Da sahen die anderen, was er meinte. Nur wenige Meilen entfernt kam ein Schiff auf sie zu. Es segelte unter der Fahne der Feuerländer. Dies erklärte auch, warum Arius die Botschaft nicht richtig verstanden hatte. Es handelte sich um eine feindliche Crew, die auf sie zukam. Nur die allerbesten Feuerländer konnten auch in feindliche Köpfe eindringen.

Ocean kritzelte so schnell er konnte seine Anweisungen für den bevorstehenden Angriff auf einen Zettel. Aber allen war klar, sie würden keine Chance haben. Da sie sich hinter der Felsformation versteckten, blieb ihnen nun kein Ausweg zu entkommen. Denn auf dem einzig freien Weg kam das feindliche Schiff auf sie zu.

„Verdammt! Wir sitzen in der Falle!" Arius war stinkwütend. Er hasste es, einen Kampf einzugehen, bei dem der Ausgang bereits feststand. In seiner Wut schrie er seine Schwester an. „Das hat dir dein schlaues Buch wohl nicht sagen können, oder?"

Da dämmerte es Saria: Genau das hatte es getan! Es hatte gewusst, dass sie den Plan ändern würden, und hat ihnen die Folgen gezeigt. Sie waren nur zu blöd gewesen, es zu verstehen.

Das gegnerische Schiff war jetzt so nahe, dass sie in die Gesichter der Angreifer blicken konnten.

Tail schrie auf, als sie die Kapitänin des Schiffes erblickte. „Nicht die schon wieder!"

Die Crew verstand sofort, was sie meinte, denn diese Crew kannten sie nur zu gut. Es war dasselbe Schiff, das sie schon einmal angegriffen hatte. Sie waren unbarmherzig gewesen und hatten ihnen den Kompass der Zwillinge gestohlen.

Schreiend enterten die Piraten die *Elementia*. Auch wenn die Freunde wussten, dass sie es nicht schaffen würden, gegen diese Überzahl an Seeräubern anzukommen, so wollten sie trotzdem nicht kampflos aufgeben. Mit allem, was sie hatten, stellten sie sich ihnen entgegen. Doch waren sie dieses Mal drei weniger als beim ersten Mal und nicht einmal da hatten sie siegen können. So war der Kampf kurz und es dauerte nicht lange und die Freunde standen gefesselt an Deck. Die Kapitänin mit der Brandwunde im Gesicht kam auf sie zu.

„Wen haben wir denn da schon wieder? Habt ihr das letzte Mal nicht genug bekommen? Ich dachte, ich hätte diesen lächerlichen Kahn bereits einmal abgefackelt." Sie blicke Arius in die Augen. „Ach ja, ich muss mit dir reden. Du kannst so schlecht deine Gedanken für dich behalten."

Arius versuchte, an irgendwelche belanglosen Dinge zu denken wie Fischpastete und Seemannslieder. Aber wenn man nicht an etwas denken soll, dann denkt man garantiert genau an jenes. So geschah es, dass ihm der Gedanke an Fireeye und Darksoul durch den Kopf huschte, als die Kapitänin nach dem Grund fragte, wieso sie überhaupt hier waren.

„Zwei Feueraugen, denen wir nicht trauen können?" Sie drehte sich zu ihrer Crew. „Wir müssen nach Hause. Es könnte sein, dass sich dort Verräter eingeschlichen haben. Zuerst fackeln wir aber noch dieses Schiff ab."

Sie drehte sich wieder zu Arius. „Wie habt ihr es eigentlich geschafft, dass es beim letzten Mal nicht abgebrannt ist?"

Arius wollte wirklich nichts verraten, aber doch tauchte Ocean in seinen Gedanken auf.

„Ah! Ein Wellenwanderer. Wie interessant. Dieses Problem lässt sich lösen.

Bindet sie alle an den Masten. So wird es nichts mit dem Wasserbeschwören für den Wellenwanderer."

Mit einem Tau zogen sie die *Elementia* weiter hinaus aufs Meer. So konnten sie sicher gehen, dass sich niemand auf einen der Felsen retten konnte. Dann gingen die letzten von Bord. Auf das Zeichen der Kapitänin hin, beschossen sie die *Elementia* mit ihren Feuerbällen. Bald schon stand das Schiff in Flammen und die Feueraugen segelten weiter.

Kurz standen die Freunde unter Schock, denn das Feuer breitete sich immer mehr aus.

„Arius!", schrie Saria, „warne zumindest die Zwillinge, ansonsten sind sie auch noch verloren!"

Arius versuchte, sich zu konzentrieren. Es dauerte ein wenig, aber dann konnte er Darksoul und Fireeye mitteilen, was gerade vorging und dass auch sie sich in Gefahr befanden.

Das Feuer wurde inzwischen immer unerträglicher. Die Crew versuchte, sich aus den Fesseln zu befreien. Funken stoben herum und das Schiff ächzte und knackte. Der beißende Rauch brannte in den Augen und das Atmen fiel ihnen immer schwerer. Sie wussten, wenn sie nicht bald Ocean befreien konnten, würde die *Elementia* und sie selbst verloren sein.

Plötzlich spürten sie, dass jemand an den Fesseln zog.

„Darksoul, Fireeye! Euch schickt der Himmel!“ Saria war ganz schwindelig vor Erleichterung. In Windeseile hatten die Zwillinge die Crew befreit und Ocean machte sich an die Arbeit. Wie bereits beim letzten Mal schwappte eine Welle über die *Elementia* und das Feuer erlosch. Doch diesmal hatte es zu lange gebrannt. Die *Elementia* sah wüst aus. Es war ein Wunder, dass sie überhaupt noch schwamm.

Tail schaute sich ungläubig um. „Was sollen wir jetzt machen? Ohne Schiff können wir dem *Inneren Kreis* noch weniger entgegensetzen.“

Ocean ging das Schiff ab und notierte sich sämtliche Schäden. Dann schrieb er einen Zettel für seine Crew, den Arius vorlas. „Der Schaden ist beachtlich, aber die *Elementia* ist noch nicht verloren. Wir müssen in den nächsten Hafen und das Schiff reparieren. Da aber die Segel verbrannt sind, müssen unsere Schwimmer das Schiff mit einem Tau ziehen.“

„Das ist machbar!“, antwortete Tail. Sie war froh, dass das Schiff nicht völlig verloren war.

Arius sah in die Karten. „Der nächste Hafen ist der im Herzen von Calvaria. Es scheint, wir müssen dorthin zurück, wo alles angefangen hat.“

Ocean steckte den Zwillingen einen Zettel zu und Fireeye antwortete. „Der Kapitän fragt, was unser Vater gesagt hat. – Leider konnten wir ihn nur ganz kurz sprechen, dann kam die Warnung von Shadow. Aber er meinte, auf die Feueraugen brauchen wir nicht zu hoffen, wenn wir Hilfe bräuchten, sollten wir uns an die anderen Elementarier wenden."

Arius zog eine Augenbraue hoch. „Und wie sollen wir das machen? Wir kennen ja keine und wir wissen auch überhaupt nicht, wie man sie finden kann."

Tail versuchte, die anderen zu beruhigen. „Schön, ein Problem nach dem anderen. Jetzt müssen wir als Erstes die *Elementia* reparieren, denn ohne ein Schiff sind wir sowieso aufgeschmissen."

Plötzlich schreckte Saria auf. Wie von einer Biene gestochen, lief sie unter Deck. Nur kurze Zeit darauf kam sie mit hängendem Kopf zurück. In ihren Händen ein verkohlter, schwarzer Patzen, das Logbuch. Es war komplett verbrannt. Nun würden sie alleine zurechtkommen müssen, und das ausgerechnet vor der größten Aufgabe ihres Lebens.

KAPITEL XIV

Rückkehr ins Herz

Die Piraten, die im Hafen von Calvaria arbeiteten, schauten verwundert in die Bucht hinaus. Wie von Geisterhand fuhr ein komplett verkohltes Schiff in den Hafen ein. Sie konnten die drei Schwimmer nicht sehen, die unter Wasser die *Elementia* zogen. Darksoul, Fireeye und Tail waren völlig entkräftet, als sie endlich im Herzen von Calvaria anlegten.

„Der Kapitän möchte, dass ihr euch erst einmal ausruht. Wir Übrigen sollen uns auf dem Markt nach Holz und Segeltuch umsehen", las Arius der Crew vor.

So machten sie sich auf den Weg. Ocean und Arius wollten sich um das Holz kümmern und Saria sah sich nach einem Segeltuch um.

Der Markt war, wie bei ihrer Zeit in den Hallen von Calvaria, gut besucht und Piraten aller Völker trieben Handel und tauschten Waren. Arius und Ocean fanden eine kleine Tischlerei, bei der sie alle nötigen Materialien erstehen konnten. Zum Glück war noch etwas von Feathers Geld übrig.

Saria hingegen musste etwas länger suchen. Sie schlenderte zwischen den Ständen herum und konnte nicht widerstehen, sich auch die anderen Waren anzusehen. An einem kleinen Stand mit verschiedenstem Schnickschnack blieb sie stehen. Es gab seltsame Ap-

paraturen, aber auch hübschen Schmuck. Sie nahm eine kleine Schachtel in die Hand und betrachtete sie von allen Seiten.

„Diese Wellenbüchse, die du da in der Hand hast, wird dir Trockenländerin nicht so sehr von Nutzen sein. Vielleicht versuchst du es besser mit dieser hier."

Eine alte Frau, die Standbetreiberin, reichte Saria eine Kette. Sie war aus dünnen, goldenen Gliedern und der Anhänger bestand aus einer goldenen Muschel, die mit Edelsteinen besetzt war. Die Muschel wurde von zwei Wellen links und rechts umschlossen.

„Wow! Die ist aber wirklich schön! Was ist das für eine?"

„Das ist das Amulett des ewigen Meeres. Es ist eine sehr wertvolle Kette."

Die Alte überreichte Saria die Kette.

Saria seufzte. „Sie ist wirklich etwas ganz Besonderes. Aber ich glaube nicht, dass ich sie mir leisten kann."

Erst jetzt schaute Saria der Verkäuferin das erste Mal ins Gesicht. „Wir kennen uns doch. Haben wir uns nicht in Aquasia getroffen?"

Die Alte schmunzelte. „Ach, das kann schon sein. Ich komme viel herum, wie das Meer", sie zwinkerte.

Saria mochte diese alte Frau und sie wusste, sie würde sie nicht über den Tisch ziehen. „Was hättest du dann gerne für diese Kette?

Die Alte dachte nach. „Wie wäre es, wenn du mir dein Armband geben würdest? Du brauchst es jetzt nicht mehr."

Saria schaute auf ihr Gezeitenarmband und dachte daran, wie wertvoll es war.

„Nun, das ist ein wirklich wertvolles Armband. Vielleicht brauche ich es noch. Und wenn ich es dir gebe, könnte es sein, dass es in falsche Hände gerät."

Die Alte schaute Saria direkt in die Augen. „Diese Armbänder werden bald keine Bedeutung mehr haben, das weißt du. Vertraue mir, nimm die Kette, sie wird dir mehr helfen als alles andere."

Saria vertraute dieser Frau. Sie wusste zwar nicht, warum, aber sie fühlte sich ihr verbunden. Also nahm sie ihr Armband ab und gab es der Alten. Ihre neue Kette steckte sie ein.

„Ah, und das darfst du nicht vergessen." Die alte Frau holte ein Segeltuch heraus und gab es Saria.

„Sehr gut! Ich habe schon eine Weile nach einem solchen Tuch gesucht. Was kostet es denn?" Saria kramte in ihrem Geldbeutel. Als keine Antwort kam, sah sie hoch. Die Alte war verschwunden. Saria schaute sich verwundert um. Wo war sie hin? Und warum hatte sie überhaupt gewusst, dass Saria nach einem Segeltuch gesucht hatte?

Saria kehrte zurück zur *Elementia,* wo inzwischen die Reparaturarbeiten in vollem Gange waren. Auch Darksoul, Fireeye und Tail waren wieder zu Kräften gekommen. Saria übergab dem Kapitän das Segeltuch und ließ sich eine Arbeit zuteilen. Die Kette und der Anhänger in ihrer Tasche waren für kurze Zeit vergessen.

Den ganzen Tag schufteten sie am Schiff. Als der letzte Abend vor Vollmond anbrach, fanden sie sich beim Abendessen in der Kombüse ein. Ocean hatte bereits einen beschriebenen Zettel mitgebracht, darauf stand: „Wir haben heute viel geschafft. Wenn wir morgen im selben Tempo weitermachen, sind wir bis Mittag fertig und können Richtung Insel aufbrechen, damit wir auch rechtzeitig dort ankommen. Das heißt allerdings auch, dass wir nur noch heute Abend zur Verfügung haben, um Verstärkung zu finden. Da uns die Zeit davonläuft, schlage ich vor, wir gehen alle einzeln los. So können wir so viele Orte wie möglich absuchen. Passt gut auf, was ihr sagt! Wir dürfen nicht noch in letzter Minute in eine Falle tappen."

Arius hatte eine Idee. „Am besten, wir machen uns in Gesprächen über Piraten lustig, die an die alten Geschichten glauben. So nach dem Motto: ‚Und dann meinen sie auch noch, es gibt Piraten, die die Fähigkeiten mehrerer Völker hätten.' Vielleicht erkennen wir dann anhand der Reaktion, was der Angesprochene darüber denkt."

Ein besonders guter Plan war das nicht, aber einen besseren hatten sie auch nicht. Also machten sich die Piraten direkt nach dem Essen auf in die Gassen von Calvaria. Jeder für sich und jeder in eine andere Richtung.

Ob in Tavernen, auf offener Straße oder an Marktständen, die Crew bemerkte bald, dass der Plan nicht aufgehen wollte. Die meisten hörten ihnen nicht einmal zu und die Reaktionen, die sie bekamen, waren sehr verhalten.

Nach der fünften Abfuhr ging Saria hinaus auf die Strandplattform. Hier hatten sie sich mit Darksoul und Fireeye angefreundet. Auch wenn es nur Tage her war, schien es ihr, als sei ein ganzes Leben verstrichen. Der fast runde Mond war bereits über dem Meer aufgegangen und glitzerte auf den Wellen. Morgen um diese Zeit würde sich alles verändern. Entweder zum Guten oder zum Schlechten. Was sollten sie nur machen? Sie waren nur zu sechst und auf dieser Insel wartete ein Heer von Feinden.

Sie steckte ihre Hände in die Taschen und stieß auf etwas Hartes. Das Amulett! Fast hätte sie es vergessen. Sie zog es aus der Tasche und betrachtete es.

Jetzt im Schein des Mondes war es noch schöner als am Tag. Die Edelsteine glitzerten und das Gold schimmerte. Saria legte sich die Kette um. Plötzlich durchfuhr sie eine kraftvolle Energie. Eine Wärme erfüllte sie und sie hatte das Gefühl, angekommen zu sein. Saria blickte auf das Amulett, es schien kurz aufzuleuchten.

Auf einmal war es ihr, als könne sie eine Stimme in ihrem Kopf hören. Was sie da vernahm, verschlug ihr die Sprache. So war es also! Auf der einen Seite wollte sie nicht glauben, was sie da hörte, aber auf der anderen Seite wusste sie, dass es stimmte. Plötzlich ergab alles einen Sinn. Ein Puzzleteil fügte sich in das andere. Nun lag es an ihr, Calvaria zu retten.

KAPITEL XV

Ein aussichtsloses Unternehmen

Der nächste Vormittag verging wie im Flug und wie es Ocean vorhergesagt hatte, waren sie gegen Mittag fertig. Sie standen an Deck und blickten sich um. „Naja, schön ist sie nicht gerade. Aber solange sie wassertauglich ist und uns zur Insel bringen kann, sollte es reichen."

Es stimmte, was Arius sagte. Die *Elementia* wirkte schon etwas zusammengeschustert, aber sollten sie die Mission überstehen, hätten sie noch genügend Zeit, das Schiff wieder tipptopp in Ordnung zu bringen.

Ocean gab die Kommandos zum Ablegen und die *Elementia* segelte durch das Hafenbecken hinaus aufs offene Meer. Die Stimmung an Bord war gedrückt, allen stand die Anspannung ins Gesicht geschrieben. Auch wenn Saria nun mehr wusste als alle anderen, hatte sie nicht weniger Angst vor dem, was vor ihr lag.

Das Meer glitzerte in der Sonne, als wäre es einer diese unbeschwerten Tage, an denen man es einfach genoss, auf dem Wasser zu sein. Es schien, als würde die Welt nicht ahnen, was auf sie zukam.

„Haben wir eigentlich einen Plan?" Tail schaute die anderen fragend an.

Arius sah zu Ocean und der nickte. „Der Kapitän hat mir vorhin

Anweisungen aufgeschrieben. Unser größtes Problem ist, dass wir den anderen schiffshoch unterlegen sind. Da wir keine Verstärkung gefunden haben, können wir einen Angriff vergessen. Unsere einzige Chance ist es, unbemerkt so nahe wie möglich an das Geschehen heranzukommen und uns die Kompasse zu schnappen."

Das klang nach einem Plan, aber Tail hatte Bedenken. „Sagen wir, wir schaffen es, unbemerkt bis an die Kompasse heranzukommen. Was machen wir, sobald wir sie haben? Ich meine, sobald wir sie uns schnappen, sind wir enttarnt. Die werden uns damit nicht einfach davon spazieren lassen."

Arius überlegte. „Guter Einwand. Ehrlich gesagt weiß ich es nicht. Es besteht die Möglichkeit, dass einige, wenn nicht gar alle von uns, da nicht mehr rauskommen."

Arius hatte das ausgesprochen, das sich insgeheim alle gedacht hatten. Diese Nacht würde eine harte Prüfung werden.

Saria hatte sich den Plan des Kapitäns eine Weile angehört und überlegte, wie dies zu ihrem geheimen Wissen passte. Nun war es an ihr, die anderen auf den richtigen Weg zu bringen. „Ich glaube, der Plan ist gut so. Wenn wir es schaffen, ganz in die Nähe des Rituals zu kommen, dann werden wir das Schlimmste verhindern können. Und ich denke, wenn wir Airas beschützen, dann wird auch sie uns beschützen und wir werden lebend von der Insel kommen."

Darksoul schien skeptisch. „Dein Wort in Poseidons Ohr! Solltest du recht behalten und wir segeln alle wohlbehalten von der Insel davon, dann mach ich für dich, was du willst."

„Das hättest du wohl gerne!" Fireeye stupste ihren Bruder in die Seite. Dieser wurde sofort rot und alle mussten lachen. Das Lachen tat gut und die Crew entspannte sich etwas.

Saria ging zurück in ihren Ausguck. Sie wusste, dass es besser war, den anderen nicht alles zu erzählen. Es war einfach zu unglaublich, und würde sie es nicht in ihrem Innersten spüren, hätte sie es sicher auch nicht geglaubt.

Plötzlich sah Saria etwas über ihren Köpfen aufblitzen. Sie wollte schon Meldung machen, aber da war es schon wieder verschwunden. „Es war sicher nur die Sonne", dachte sie sich und richtete ihren Blick wieder auf das Meer.

Es war bereits später Nachmittag, als Saria die Insel am Horizont ausmachen konnte. Mit klopfenden Herzen gingen sie, am selben Ort wie beim ersten Mal, vor Anker.

Ocean rief seine Crew zu einer letzten Lagebesprechung zusammen. Arius las nervös seine Anweisungen vor: „Shadow und Curly, ihr werdet zuerst auf die Insel gehen. Versucht in eurer unsichtbaren Form, Kutten für uns alle zu stehlen. So können wir uns am besten tarnen. Anschließend gehen wir zusammen in das Fort. Dort werden wir einfach das tun, was die anderen auch machen und versuchen, möglichst nicht aufzufallen. Sobald das Ritual beginnt, müssen wir so nahe wie möglich an das Geschehen heran. Unsere Aufgabe ist es, die Kompasse an uns zu nehmen, bevor sie von einem Schwert geteilt werden. Danach gilt es, von dort wegzukommen. Dann geben wir die Kompasse Shadow und Curly. Sie können sich unsichtbar machen und haben so am ehesten die Chance zu fliehen. Ihr beide habt den Befehl, sofort zum Schiff zu laufen. Ihr kümmert euch nicht um uns. Die Kompasse sind wichtiger als wir. Sollten wir innerhalb einer halben Stunden nicht auf der *Elementia* sein, legt ihr ab."

Die Crew schluckte. Der Kapitän hatte gerade den Befehl

gegeben, sich und die anderen zu opfern, wenn es nötig wäre.

Saria hoffte inständig, dass es nicht so weit kommen würde und dass das Amulett sein Versprechen halten würde.

KAPITEL XVI

Entscheidungsreiche Vollmondnacht

Arius und Saria gingen an Land. Dort nutzten sie ihre Gabe, sich unsichtbar zu machen und folgten demselben Pfad wie beim letzten Mal. Auch nun schafften sie es so bis ins Fort.

„So weit, so gut", flüsterte Arius seiner Schwester zu. „Jetzt müssen wir nur noch die Kutten finden."

Saria schaute sich um, dann hatte sie eine Idee: „Am besten schauen wir, ob es einen Wasch- oder Baderaum gibt. Dort finden wir am ehesten herumliegende Kutten."

Arius war einverstanden, und sie suchten das Fort nach einem solchen Raum ab. Es dauerte auch nicht lange, da fanden sie einen Raum mit einem großen Wasserbecken in der Mitte. Im vorderen Bereich befand sich ein Ankleidezimmer und dort hingen mehrere Kutten. Jeder von ihnen schnappte sich drei Kutten und sie verließen schnellstmöglich das Zimmer.

„Halt!", raunte Saria, „wir müssen die Kutten alle überziehen."

Arius schaute an sich herunter. Saria hatte recht. Da sie die Kutten nur in der Hand hielten, konnte man sie sehen, würden sie sie aber überziehen, wären sie unsichtbar. Schnell schlüpften die Geschwister in je drei Kutten. Denn herumfliegende Gewänder hätten sicherlich die Aufmerksamkeit auf sich gezogen.

Anschließend gingen sie über denselben Pfad so schnell wie möglich zurück zum Schiff. Teil eins der Mission war gut gelaufen. Nun aber stand der schwierige Teil an.

Die Crew stellte sich wie gewohnt im Kreis auf und Arius las die letzte Anweisung ihres Kapitäns vor. „Crew, Freunde, dies wird die schwerste Prüfung, die wir bestehen müssen. Ich kann euch nicht versprechen, dass alles gut wird, aber ich weiß, dass das, was wir heute vollbringen werden, Calvaria für immer verändern wird. Also lasst uns an Land gehen und Geschichte schreiben!"

Mit diesen stärkenden Worten gingen die sechs jungen Piraten an Land. Auch wenn sie alle mutig waren, so ließ sie das bange Gefühl nicht los, geradewegs ins Verderben zu rennen.

Sie folgten dem Pfad in Richtung Fort. Arius und Saria war etwas mulmig zumute, denn nun waren sie sichtbar und nicht mehr unsichtbar wie bei den letzten beiden Malen. Für einen Trockenländer war sich zu verkleiden eine vollkommen neue Erfahrung. Aber sie wollten unbedingt als eine Einheit auftreten, so fühlten sie sich gestärkt.

Bereits in den Wäldern rund um das Fort trafen sie auf die ersten Mitglieder des *Inneren Kreises*. Die Crew hatte mit mehr Widerstand gerechnet, aber es schien sich niemand für sie zu interessieren. Die Verkleidung schien zu funktionieren. So dauerte es nicht lange, und die Freunde befanden sie am Eingang zum Fort. Mit klopfenden Herzen blickten sie hinein. Drinnen wimmelte es nur so von Mitgliedern des *Inneren Kreises* und es herrschte eine unheilvolle und erwartungsvolle Stimmung. Während die kleine Gruppe das Fort betrat, ging der Vollmond über den Baumwipfeln auf. Nicht mehr lange, und das Ritual würde beginnen.

Arius wollte aufmerksam bleiben, verlor sich aber trotzdem kurz in seinen Gedanken. Er überlegte, wie furchtbar es wäre, wenn sie es nicht schaffen würden, das Bevorstehende zu verhindern. Wie würde die Welt aussehen, wenn der *Innere Kreis* die Macht übernahm? Ganz in seinen Gedanken versunken, merkte er nicht, wohin er ging und krachte geradewegs in einen stämmigen Kapuzenträger.

„He! Pass doch auf!"

Arius erschrak und stand wie versteinert da. Tail ergriff die Initiative, um die Situation zu retten. Sie packte Arius und zog ihn weg. Den angerempelten Mann versuchte sie zu besänftigen. „Der ist vor lauter Aufregung nicht ganz bei der Sache. Nichts für ungut."

Schnell ging die Gruppe weiter. Das war noch einmal gut gegangen. Sie mussten unter dem Radar bleiben. Flögen sie zu früh auf, hatten sie keine Chance mehr, beim Ritual dabei zu sein.

Nach einiger Zeit merkten sie, dass die Kapuzenträger den Weg Richtung Amphitheater einschlugen. Das war also der Ort, an dem das Ritual stattfinden sollte.

Die Crew tat es ihnen gleich und versuchte einen Platz in der ersten Reihe zu ergattern. Das war nicht ganz einfach, denn ganz vorne standen Bänke, auf denen wohl die Ältesten Platz fanden. Doch an der Seite der Bühne fanden sie einen Platz, der nahe genug war, um in sekundenschnelle auf die Bühne zu gelangen.

Das Amphitheater füllte sich, schon bald war kein einziger Platz mehr frei. So viele Feinde, und sie waren nur zu sechst. „Wir brauchen ein Wunder", wisperte Fireeye und ihre roten Augen wirkten fast schwarz vor Furcht.

Saria aber hatte plötzlich ein gutes Gefühl. Sie vertraute auf ihre innere Stimme. „Nur Mut. Am Ende ist ein starker Wille oft mehr wert als tausend Mitläufer.“

Arius wunderte sich über die Stärke und Reife seiner kleinen Schwester. Er musste zugeben, sie war inzwischen erwachsen geworden.

Als der Vollmond direkt über dem Amphitheater stand, ertönte ein lauter Gong. Augenblicklich wurde es still und der Anführer betrat die Bühne.

„Kameraden, der Moment ist gekommen! Heute werden wir uns holen, was uns zusteht!“

Jubel breitete sich aus, und den Freunden lief ein kalter Schauer über den Rücken. Sobald sich der Applaus gelegt hatte, fuhr der Anführer fort.

„Aber bevor wir mit dem Ritual beginnen, gilt es, ein kleines, unbedeutendes Problem aus dem Weg zu schaffen. Eines unserer jüngsten Mitglieder hat eine Beobachtung gemacht. Er hat auf einem seiner Erkundungsflüge ein Schiff voller Verräter entdeckt. Komm herauf und berichte.“

Während der Puls der jungen Freunde stieg, betrat ein weiterer Kapuzenträger die Bühne. Mit zitternder Stimme begann er zu sprechen. „Es war ein kleines Schiff, mit nur einer ganz kleinen Crew. Aber sie haben besondere Fähigkeiten.“

Hörbar schnauften die sechs Freunde aus. Sie alle hatten die Stimme sofort erkannt. Aber wahrhaben wollten sie es nicht. Denn der Kapuzenträger, der sie da gerade verriet, war kein anderer als Feather.

Der Anführer legte seine Hand auf Feathers Schulter. „Und wo sind diese Verräter jetzt?“

Feather zögerte, aber der Anführer machte ihm deutlich, dass es kein Zurück gäbe. Mit zittriger Hand zeigte er auf die sechs Freunde. Arius Herz setzte für einen kurzen Moment aus. Wie konnte Feather ihnen nur so in den Rücken fallen?

Fast augenblicklich waren sie von Mitgliedern des *Inneren Kreises* umzingelt, die sie mit Waffen und Feuerbällen bedrohten.

Die Freunde stellten sich Rücken an Rücken. Jeder von ihnen wusste, nun galt es, ums Überleben zu kämpfen.

Auf den Befehl des Anführers hin, griffen die Kapuzenträger an. Arius, Darksoul und Fireeye befeuerten die Angreifer mit Feuerbällen. Saria, Ocean und Tail zogen ihre Schwerter. Bald schon lag der Geruch von Schwefel in der Luft und die Nacht war durchzogen mit den klirrenden Geräuschen von Metall, das aufeinandertraf. Die Crew hielt sich tapfer, aber die Situation war aussichtslos. Arius, der inzwischen sein Feuer gut unter Kontrolle hatte, schaffte es genau wie Darksoul und Fireeye, einige der Kapuzenträger außer Gefecht zu setzen. Aber an Nachschub fehlte es den Angreifern nicht. Ocean führte sein Schwert auffallend gut, aber auch er konnte kaum etwas ausrichten. Als Tail in Bedrängnis kam, versuchte er, sie zu schützen und wurde dabei selbst verletzt. Er fasste sich an die Seite und ging zu Boden. Saria eilte sofort zu ihm. Die Wunde war zum Glück nicht so tief. Doch ihre kurze Unaufmerksamkeit führte dazu, dass sie beide sofort in Gefangenschaft genommen wurden. Saria schrie vor Wut und Ocean verzog sein Gesicht vor Schmerz. Auch die übrigen Vier konnten sich nicht mehr lange halten und fielen in die Hände des *Inneren Kreises*. Der Kampf war vorüber. Hatten sie jetzt alle Chancen vertan, Calvaria zu retten?

Gefesselt wurden die Freunde auf die Bühne zum Anführer und zu Feather gebracht. Arius starrte seinen ehemaligen Freund mit hasserfüllten Augen an. Feather jedoch sah keinem der Sechs in die Augen. Er blickte nur in sich gekehrt zu Boden.

Der Anführer stellte sich vor die Crew, einem nach dem anderen riss er die Kapuzen vom Kopf. „So ist es schon besser. Ansonsten könnt ihr ja nichts sehen. Und es wäre wirklich zu schade, wenn euch das Spektakel entgehen würde, wo ihr euch doch solche Mühe gegeben habt." Seine Stimme war spöttisch, und auch wenn sie sein Gesicht nicht sehen konnten, wussten sie, dass er schadenfroh grinste. Dann schickte er Feather los, ein Schwert zu holen.

In der Mitte der Bühne befand sich eine Säule. Auf Knopfdruck öffnete sie sich und eine hölzerne Truhe kam zum Vorschein. Der Anführer nahm die Truhe heraus, stellte sie auf die Säule und öffnete sie. In ihrem Inneren befanden sich die Kompasse.

Tail schrie auf. „Nein! Das dürft ihr nicht tun!"

Der Anführer lachte herzhaft auf. „Und wer soll uns jetzt noch aufhalten?"

Er hatte nicht Unrecht, die einzigen hier, die das Ritual verhindert wollten, waren in Fesseln gelegt und wurden von zehn Wachen festgehalten.

Der Anführer legte seine Hände über die Truhe und fing an, eine Beschwörungsformel zu sprechen. Ein Kompass nach dem anderen fing zu leuchten an. Gehüllt in ein magisches Licht schwebten sie aus der Truhe heraus. Zuerst ganz langsam, dann immer schneller drehten sich die Kompasse im Kreis. Plötzlich ging ein gleißendes Licht von ihnen aus und erfüllte das ganze Amphitheater. Als sich das Licht wieder zurückzog, war aus den sechs Kompassen ein einziger geworden. Und noch etwas war anders: direkt neben dem Kompass schwebte eine Frau, die ebenfalls in helles Licht gehüllt war. Als die Freunde genauer hinsahen, erkannten sie die Frau. Arius konnte es nicht glauben. „Das ist die Alte, die uns das Schiff verkauft hat, und das Armband!"

Saria wusste, sie hatte noch viel mehr getan, und sie hatte auch bereits gewusst, dass diese Frau Airas, die Göttin der Meere war. Das Amulett an ihrer Brust fing zu leuchten an und ihr Körper spürte die Energie, die es ausstrahlte.

Die Freunde unternahmen einen letzten Versuch sich zu befreien, aber die Wachen und Fesseln hinderten sie daran.

Nun kam Feather mit dem Schwert zurück und überreichte es dem Anführer. Der Anführer hob das Schwert und spaltete den Kompass. Arius und Ocean waren fassungslos. Darksoul verspürte tiefen Hass für diesen Mann. Fireeye schrie, bis man ihr den Mund zuband und Tail liefen die Tränen über die Wangen. Nur Saria schien plötzlich immer ruhiger zu werden. Sie schien sich zu konzentrieren.

Aus dem geteilten Kompass floss eine gewaltige Energie heraus. Langsam verließ sie den Kompass, bis er nur noch ein Stück altes Metall war. Dann fiel er zu Boden. Der Energieball schwebte neben der alten Frau in der Luft. Nun trat der Anführer vor die alte Frau. Die Freunde konnten gar nicht hinsehen, sie wussten, was als Nächstes passieren würde. Er hob das Schwert und holte aus. Doch bevor er zustechen konnte, sprang plötzlich Feather auf ihn zu und warf ihn um. Dem Anführer rutschte die Kapuze vom Kopf, während er unsanft auf den Brettern der Bühne landete. Langsam drehte er sich mit hasserfüllten Augen zu Feather um. Die Freunde erschraken, der Anführer des *Inneren Kreises* war kein anderer als Iron Wing, Feathers Vater. „Was soll das, Sohn! Du unnützer kleiner Versager! Was glaubst du eigentlich, wer du bist?“

Feather zog sein Schwert. Mit zitternder Stimme stellte er sich seinem Vater entgegen. „Ich bin zum Glück nicht du! Wie konnte ich auch nur einen Augenblick lang auf deiner Seite sein? Du bist ein Monster und das, was du Calvaria und der Meereshexe antust, ist Unrecht.“

Iron Wing, der wieder auf den Beinen war, ging mit seinem Schwert auf Feather zu. „Ich habe gewusst, dass du nichts wert bist. Du bist ein Weichei und verstehst einfach nicht, dass manchmal Opfer gebracht werden müssen.“

Feather griff mit Tränen in den Augen seinen Vater an. Doch der Angriff dauerte keine zwei Minuten, denn dann war er bereits von Wachen umringt, die ihren Anführer schützten. Einen Wimpernschlag später stand Feather zitternd vor Wut gefesselt neben den anderen. Arius sah ihn an und wollte ihn einfach nur hassen, aber irgendwie tat er ihm auch leid.

Auch wenn Feather glaubte, seine Attacke wäre komplett fehlgeschlagen, so hatte sie dennoch etwas erreicht. Denn während die ganze Aufmerksamkeit auf Feather gelenkt war, hatte Saria es geschafft, ihre Fesseln zu lösen. Nun galt es, den richtigen Moment abzuwarten.

Der Anführer trat erneut vor die alte Frau. Er schaute sich ein letztes Mal um, ob ihn noch jemand unterbrechen könnte, dann holte er aus und stach zu. Die Freunde schrien auf. Aber anders als erwartet floss kein Blut aus Airas, es floss die gleiche Energie heraus, wie zuvor bei den Kompassen. Und genau wie bei den Kompassen, erfüllte plötzlich ein gleißendes Licht das Amphitheater.

Auf diesen Moment hatte Saria gewartete. Solange alle geblendet waren, lief sie zur alten Frau.

Als sich das Licht zurückzog, ging ein erstauntes Raunen durch die Menge. Denn nun schwebten nicht nur Airas und der Energieball über der Bühne, sondern auch Saria. Arius erschrak. „Saria, nein! Was tust du da!"

Auch der Anführer schien verwirrt, er verstand nicht, was da gerade vor sich ging. Saria schwebte mit Airas Angesicht zu Angesicht. Beide Frauen trugen dasselbe Amulett und wie zwei Magnete zogen sich die Amulette an. Sobald sie sich berührten, wurde auch Saria von einem Licht eingehüllt. Der Energieball, der neben ihnen schwebte, fing an, sich immer schneller um die zwei zu drehen. Das Licht um Airas schien immer kleiner zu werden, während das Licht um Saria immer stärker wurde. Da verstanden alle, was da gerade passierte: Airas übertrug ihre Energie auf Saria. Auch Iron Wing verstand plötzlich, was da vor sich ging. Schreiend lief er mit gezücktem Schwert auf die zwei zu. Doch kurz bevor er auf sie einschlagen konnte, wich die letzte Energie aus Airas und übertrug sich auf Saria. Der Energieball explodierte und schleuderte Iron Wing von der Bühne. Airas, die Göttin der Meere, war verschwunden und zurück blieb nur noch Saria, die in der Mitte der Bühne stand. Das Licht war erloschen und eigentlich sah sie aus wie immer. Aber trotzdem strahlte sie etwas Unbeschreibliches aus.

Arius hatte schon Angst, der *Innere Kreis* würde sie jetzt angreifen, aber etwas schien sie zurückzuhalten.

Saria sah ihre Freunde an und lächelte ihnen zu, dann wandte sie sich an die Kapuzenträger. „Ihr habt es gewagt, die Göttin der Meere herauszufordern. Das wird euch teuer zu stehen kommen. Calvaria wird ohne euch ein besserer Ort sein."

Sie hob ihre Arme. Zunächst passierte nichts, aber dann hörte man in der Ferne ein Rauschen. Das Geräusch wurde immer lauter und wuchs zu einem ohrenbetäubenden Donner heran. Plötzlich kamen von allen Seiten flutartige Wellen auf das Amphitheater zu. Die Freunde schrien, würden nun auch sie ertrinken? Und schon schlugen die gewaltigen Wellen ein. Arius und seine Freunde wussten, sie hatten keine Chance, denn sie waren allen Übels noch gefesselt und konnten so nicht einmal schwimmen. Doch als die Wassermassen tobend einschlugen, bildete sich direkt um die Crew herum eine Luftblase. Saria hatte sie beschützt!

So plötzlich wie das Wasser gekommen war, so schnell war es auch wieder verschwunden. Zurück blieben nur die sieben jungen Piraten und der Geruch nach Salz in der Luft.

Saria befreite ihre Freunde von den Fesseln. Arius nahm seine Schwester stürmisch in die Arme. „Ich hatte solche Angst um dich!"

Saria grinste. „So kenne ich dich gar nicht. Sonst umarmst du doch nur Tail." Tail wurde rot. Dann sah sie sich bedrückt um. „Sind sie jetzt alle tot?"

Saria schüttelte den Kopf. „Nein, sie sind nicht tot. Aber sie sind an einem Ort, von dem sie sicher nicht mehr wegkommen."

„Und die alte Frau?", hakte nun auch Feather nach, dem das schlechte Gewissen ins Gesicht geschrieben stand.

„Das ist eine längere Geschichte, die erzähle ich euch, wenn wir wieder auf dem Schiff sind."

KAPITEL XVII

Ein- und Dieselbe

Die Crew machte sich auf den Weg zurück zur *Elementia.* Am Strand angekommen, zögerte Feather, er wusste nicht, ob er an Bord noch willkommen war. Immerhin stand er für kurze Zeit auf der falschen Seite. Er würde es seinen früheren Freunden nicht verdenken, wenn sie ihn ausschließen würden.

Saria drehte sich zu Feather um. „Was stehst du da so blöde herum? Willst du nicht mit aufs Schiff?"

Die anderen waren sich in dieser Sache noch nicht so sicher wie Saria, aber nach allem, was passiert war, vertrauten sie ihr und so kam Feather mit auf die *Elementia.*

Auf dem Schiff bereitete die Crew Essen und Trinken zu. Sie setzten sich an den Tisch und besprachen die unglaublichen Ereignisse. Der leckere Duft der vertrauten Speisen schien eine entspannende Wirkung auf die Crew zu haben.

„Mit deinem Vater hätte ich nie gerechnet, Feather. Aber mit dir noch weniger." Darksoul schaute Feather vorwurfsvoll an.

Feather wusste, es war nun an der Zeit, reinen Tisch zu machen. „Die letzte Zeit war nicht einfach für mich. Auch wenn das keine Entschuldigung sein soll. Es war schwer zu sehen, dass ihr alle so etwas Besonderes seid. Sogar Tail und Ocean, die keine Elementarier sind, haben magische Fähigkeiten. Ich hingegen bin ohne meine Apparaturen gar nichts. Am Ende war ich einfach nur eifersüchtig, deshalb war ich immer so unausstehlich und bin mit Arius in diesen Streit geraten."

Tail nickte. Ein bisschen konnte sie Feather verstehen. Als einziger einer Gruppe keine magischen Fähigkeiten zu haben, musste frustrierend sein. Aber eins interessierte sie noch immer brennend: „Wie bist du eigentlich zum *Inneren Kreis* gekommen? Oder warst du gar von Anfang an dabei und hast uns belogen?"

Feather hob abwehrend die Hände. „Nein! Wirklich nicht. Es begann, als ich losflog, um auf der *Liberty* die Flügel für euch zu holen. Dort sprach ich lange mit meinem Vater. Er setzte mir immer mehr den Floh ins Ohr, dass Elementarier schlecht wären. Dort hatte ich aber noch nicht gewusst, dass mein Vater dem *Inneren Kreis* angehörte. Davon habe ich erst erfahren, als ich nach meinem Streit mit Arius auf die *Liberty* zurückkehrte. Mein Vater nahm mich mit zu einem Treffen des *Inneren Kreises*. Er war so stolz auf mich! Und ich fühlte mich seit langem wieder zugehörig und bedeutend."

Arius schaute ihn nachdenklich an. „Mir tut der Streit wirklich leid. Ich hätte nicht so hart zu dir sein sollen, aber ich kann trotzdem nicht verstehen, wie du solche Pläne unterstützen konntest."

Feather versuchte, sich zu erklären. „Am Anfang wusste ich noch nicht viel. Erst kurz vor dem Ritual teilte mir mein Vater mit, dass er die Meereshexe töten würde. Als ich merkte, wie skrupellos er war und dass er so versessen darauf war, all diese Macht zu besitzen, wusste ich, dass ich einen schweren Fehler gemacht hatte. Aber da war es bereits zu spät. Ich hatte euch bereits verraten und die Meereshexe war des Todes."

Da räusperte sich Saria. „Was das angeht, muss ich euch vielleicht auch noch ein paar Sachen erklären.“

Alle wandten sich gespannt Saria zu, denn das, was in dieser Nacht passiert war, hatte so viele Fragen aufgeworfen. Selbst Arius hatte keine Ahnung, was da eigentlich wirklich passiert war.

„Damit ihr alles versteht, muss ich etwas ausholen. Als wir im Trockenland waren, hatten Arius und ich ein Gespräch mit unserer Mutter. Arius wollte wissen, wer sein Vater war. Viel hatte er nicht erfahren, nur, dass Mutter wahrscheinlich nicht gewusst hatte, dass dieser Mann, in den sie sich verliebt hatte, ein Elementarier gewesen war. Die größere Überraschung erlebte ich. Denn meine Mutter erzählte mir, dass ich gar nicht ihre leibliche Tochter sei. Sie fand mich eines Tages in einem Körbchen im Meer. Sie hat mich aber vom ersten Tag an als ihre Tochter gesehen.“

Die Crew staunte und die Spannung in der Luft war fast greifbar, während Saria weitererzählte. „Als wir dann in Aquasia waren, konnte ich dort viele Informationen sammeln, sie kamen damals von einer alten Frau namens Airas. Dieselbe alte Frau traf ich anschließend auf dem Markt von Calvaria wieder. Dort verkaufte sie mir diese Kette mit dem magischen Anhänger. Zuerst hatte ich die Kette nur eingesteckt, erst als ich am Abend alleine auf der Strandplattform war, auf der wir uns mit Darksoul und Fireeye angefreundet hatten, legte ich sie das erste Mal um. Und plötzlich war alles klar! Eine innere Stimme erinnerte mich daran, wer ich wirklich war.“

Saria machte eine Kunstpause und Arius platzte fast vor Neugier. „Und weiter? Lass dir doch nicht alles so aus der Nase ziehen!“

Saria grinste. „Ist das nicht offensichtlich? Ich bin Airas!“

Tail riss die Augen erstaunt auf. „Wie meinst du das? War nicht die alte Frau Airas?“

Saria nickte. „Ja, sie war auch Airas.“

Die Gruppe schaute Saria verwirrt an. Das, was sie da erzählte, machte doch keinen Sinn. Also erklärte sie ihren Freunden, wie so etwas möglich war. „Ich bin Airas und die alte Frau ebenso. Airas ist die Göttin der Meere. Sie war immer da und wird es immer sein. Als die Zeiten unsicher wurden und die Göttin bemerkte, dass sie einen Fehler gemacht hatte, indem sie den Menschen diese Kompasse in die Hand gegeben hatte, beschloss sie, sich zu schützen. Also legte sie einen Teil von sich selbst in ein Körbchen und schickte es auf das Meer hinaus. Die alte Frau und ich sind ein- und dieselbe Person. Das ich die Fähigkeiten einer Trockländerin habe, verdanke ich der unglaublichen Macht meines alten Ichs. Diese Magie hat es mir ermöglich mich meiner Umgebung anzupassen.“

Arius schaute sie fassungslos an: „Aber du bist doch meine kleine Schwester! Die quirlige Trockenländerin, die immer alle auf Trab hält.“

„Das bin ich immer noch. Aber auch noch viel mehr. Das ist wie bei dir als Elementarier. Du bist ein ganz anderer als du immer dachtest, aber am Ende bist du immer du. Übrigens, wenn ihr mir nicht glauben wollt, probiert mal meinen Namen rückwerts zu buchstabieren.“ Saria zwinkerte.

Ocean nahm ein Stück Papier und schrieb ihren Namen Rückwerts auf: S A R I A = A I R A S.

Saria lachte, als sie die verdatterten Gesichter ihrer Freunde sah. Das musste schon seltsam sein, plötzlich eine Göttin zur Freundin und Schwester zu haben.

Als die Morgendämmerung hereinbrach, legten sich die Freunde müde in ihre Betten. Sie mussten endlich zur Ruhe kommen. Die letzten Wochen waren so ereignisreich, dass sie kaum Zeit fanden, sich an das Leben als vollwertige Piraten zu gewöhnen.
Erst als die Sonne bereits hoch am Himmel stand, legte die *Elementia* ab und stach in See.

Da sie in der Nacht zu müde gewesen waren, um die Pläne für die nächsten Tage zu besprechen, traf sich die Mannschaft nun an Deck, um alles Weitere zu besprechen.

Tail ergriff das Wort. „Wie geht es eigentlich weiter? Ist Feather jetzt wieder Teil unserer Crew?"

Feather schaute verlegen zu Boden. Er wusste, verdient hatte er es sich nicht.

Ocean verlangte eine Abstimmung. Wenn die Mehrheit einverstanden war, würden sie Feather eine zweite Chance geben. Feather konnte gar nicht hinsehen. Es würde ihm das Herz brechen, seine richtigen Freunde verlassen zu müssen. Aber er hatte Glück, alle hoben ihre Hand, sogar Arius. Feather musste sich zurückhalten, um nicht vor Freude wortwörtlich in die Luft zu gehen. „Ich danke euch! Ich werde euch beweisen, dass ich ein loyales Crew-Mitglied bin. Ihr könnt euch auf mich verlassen!"

Alle freuten sich, endlich häuften sich die guten, und nicht die schlechten Nachrichten. Doch plötzlich machte Arius ein besorgtes Gesicht. „Saria, was ist mit dir? Ich meine, auch wenn du immer noch aussiehst wie meine kleine Schwester, so bist du doch die Göttin der Meere. Ich meine, was musst du jetzt machen? Oder wo liegt dein eigentliches Zuhause?"

Saria lächelte und ihre schwarzen Locken fielen ihr ins Gesicht.

„Ich muss nicht in die dunkelsten Tiefen des Meeres ziehen, wenn du das meinst. Natürlich habe ich jetzt noch andere Aufgaben als das Leben hier an Bord der *Elementia*, aber wo ich mich zwischen diesen Aufgaben aufhalte, ist belanglos. Also, ihr werdet mich so schnell nicht los!"

Das freute die Crew, denn gerade die lockere und freundliche Art von Saria hätte ihnen, vor allem an schwierigen Tagen, sicher gefehlt.

Arius, in seiner Funktion als Unteroffizier, wandte sich an Ocean. „Was sind die Befehle, Kapitän?"

Ocean beschrieb einen Zettel und überreichte ihn Arius. „Der Kapitän befielt: Wir machen Halt in Calvaria, um die *Elementia* vollständig zu reparieren und unsere Vorräte aufzufüllen. Unser nächstes Ziel nach Calvaria ist das offene Meer. Der Norden ist noch kaum erforscht und wer, wenn nicht wir, hat das Zeug dazu, neue Länder und neue Aufgaben zu finden!"

Die Crew jubelte auf. Das war also das neue Abenteuer, das auf sie wartete. Alle begaben sich auf ihren Posten und die *Elementia* segelte im lauen Wind Richtung Calvaria.

Arius stand am Bug des Schiffes, er blickte in die Ferne und erinnerte sich, wie er das erste Mal das Meer gesehen hatte. Es war noch gar nicht so lange her, aber gefühlt war ein ganzes Leben vergangen. Dass er einmal mit so einer Crew solch unglaubliche Abenteuer bestehen würde, hätte er nie gedacht. Er war stolz auf diese ungewöhnliche Mannschaft und auch darauf, Elementarier zu sein. Jetzt, wo der *Innere Kreis* zerschlagen war, würde er sicher bald noch mehr Elementarier kennenlernen, vielleicht sogar seinen Vater? Inzwischen war er bei sich selbst angekommen und mit sich im Reinen. Und erst seine kleine Schwester! Wer hätte je ahnen können, dass so viel mehr

in ihr steckt. Voller Freundschaft schaute er zu Saria hinauf in den Ausguck. Sie hielt etwas in den Händen. „Was machst du denn da, Schwesterherz?“

Saria grinste. „Ich dachte, ich probiere da mal was aus.“ Sie nahm einen Stift zur Hand und öffnete ein neues, in Leder gebundenes Buch. Es roch noch nach Leim und Papier und viele weiße Seiten warteten darauf, beschrieben zu werden. Sie blickte hinaus aufs Meer, das sie so liebte. Sie, Saria Curly Vane, war also ein Teil dieser unglaublichen Weite. So ganz hatte sie sich noch nicht an ihr neues Ich gewöhnt, aber sie wusste, es steckte in ihr, und zusammen mit ihren Freunden würde sie über sich hinauswachsen und Calvaria beschützen. Denn am Ende waren es nicht der Weg, oder das Ziel, es waren die Gefährten, die zählten.

Sie fasste kurz an ihr Amulett, bevor sie die ersten Wörter in das bedeutende Buch schrieb:

Ende!

WINDLAND
- Aperi alas -
CALVARIS
AQUASIA
- Profundum in mare -
CA
Schreiende Klippen
CALVAR